「やめて…下さい。お願い…」

苦しい息を喘がせながらも、ユーリは必死で懇願する。

けれど、ジークは足首を掴み取り、細い鎖を巻きつけていく。

「お前は、俺の奴隷なんだよ」

Illustration／AKIRA KANBE

プラチナ文庫

Platinum Label

スレイブ・プリンス
～許されぬ恋～

あすま理彩

"Slave Prince ~Yurusarenu Koi~"
presented by Risai Asuma

プランタン出版

イラスト／かんべあきら

目次

※本作品の内容はすべてフィクションです。

静まり返った謁見《えっけん》の間に、たった一人でユーリは臨《のぞ》む。命じられ、ライフェンシュタインの国王の足元に跪《ひざまず》く。

大国に睨《にら》まれては、ユーリの国、ローゼンブルグのような小国などひとたまりもない。半《なか》ば脅迫《きょうはく》されるようにして、ユーリは王の呼び出しに応じた。

ユーリは、自分よりも数段高い位置に立つ男の前で両膝《りょうひざ》を折ると、深く頭《こうべ》を垂《た》れながら懇願《こんがん》を繰《く》り返す。

「…どうか、お怒りを解《と》いてくださいませんか？」

王族であるユーリが膝を折るということは、国が頭を下げるのに等《ひと》しい。

目を伏《ふ》せれば、白磁《はくじ》のような滑《なめ》らかな肌の上に、長い睫毛《まつげ》がなまめかしい影を落とす。透き通るような肌はまるで白い花びらのようで、満開の大輪の百合《ゆり》を思わせる。優しげな面差しに合う、長めの栗色の髪は絹糸のように柔《やわ》らかそうで、肩にさらさらと音を立てるように零《こぼ》れている。

跪けば、肩から垂《た》れるオフホワイトの長いローブが、床に流れ落ちる。国の正装だけれども、ユーリが身にまとえば、真珠色の花嫁のベールを思わせた。

まるで、人身御供《ひとみごくう》として、大国の王の元に送られた…姫君のように。

繊細《せんさい》で清楚《せいそ》な花のような美貌《びぼう》を、懇願に歪《ゆが》ませる様は、見るものの同情を呼び起こす。

けれど、いっそう…苦しげに歪ませてみたいと、危険な欲望を抱《いだ》かせるほど、美しく可憐《かれん》な姿だった。

一国の次期元首を、緋毛氈《ひもうせん》の上に跪かせても、玉座の前に立つ男は平然としている。

「…ジーク様」

目の前の男に対して、この呼び方はユーリにとって、言い慣れないものだった。

咽喉元《のどもと》に、熱く苦々しいものが込み上げた。

自分は…小国としての分をわきまえなければならない。

礼節を尽《つ》くした言葉を慎重《しんちょう》に選べば、妙に堅苦しく他人行儀な物言いになった。

ジークの片眉《かたまゆ》がピクリと上がる。

「皇太子になったというのに、ブリスデンにだけ挨拶《あいさつ》をすませ、俺に一言も報告がないのは、お前の国の今後の外交政策における姿勢を、はっきり示したと受け取ってもいいんだろうな?」

静謐《せいひつ》な場所に、低い艶《つや》めいた声が響く。

凛と響きわたる声に包まれれば、縛《しば》り付けられるような錯覚《さっかく》を覚える。

「それは…」

誤解《ごかい》を解こうと、ユーリが慌《あわ》てて顔を上げれば、ジークの黒い瞳にぶつかった。

「今後、ブリスデンを最大の貿易国として選ぶなら、我が国にもそれなりの考えがある」

漆黒《しっこく》の鋭《するど》い双眸《そうぼう》が、酷《ひど》く冷たい色をして、自分を見つめていた。

(…っ!)

冷たく、甘さの欠片《かけら》もない表情に、ユーリの背が戦慄《わなな》いた。

ユーリの優しげな面差しには、柔らかな光沢を放つ乳白色のローブが似合うけれど、それとは対照的に、ライフェンシュタインの国王には厳しささえ漂《ただよ》わせる黒の詰襟《つめえり》の軍服がよく似合っていた。腰元は太いベルトで引き絞《しぼ》られ、スタイルがよく、壮絶《そうぜつ》なほどに整った顔立ちをしている。腰元には年代もののサーベルを下げていた。

広い肩幅は逞《たくま》しく、正装に身を包めば、完成された大人の男としての艶やかな魅力《みりょく》を放つ。

「決して…っ。決してそんなことは…。軽率《けいそつ》な行動が、誤解を与えてしまったようで、申しわけありません」

誠意を込めてユーリは訴《うった》えた。胸元で祈《いの》るように重ねられた指先から、血の色が失われていく。

「だったらなぜ、我が国には来ない? 俺が言わなければ、来訪《らいほう》せずにすませるつもりだったのか?」

「い、いえ。決して…そんなことは…」

ユーリは必死で言い募《つの》る。けれど、ユーリの言葉などまったく取り合わない様子で、ジークは鼻を鳴らした。

これが、自分がジークに呼び出された『理由』だった。

ブリスデンと手を組み、ライフェンシュタインをないがしろにしたと、ジークは怒っているのだ。

経済的に最大の取引相手であるライフェンシュタインを怒らせれば、ユーリの国はたちまち窮《きゅう》してしまう。

だから、ユーリはジークの呼び出しに応じざるをえなかった。

「お前の国の利権を、一切引き上げさせてやってもいい。我が国はそうなっても痛くも痒《かゆ》くもない」

「どうか…お…許しを」

強張《こわば》った指先が震える。必死だった。

「口先だけならば何とでも言える。頭を下げたくらいじゃ、誠意を見せたとは言えないな」

自分を詰《なじ》るジークの声音の冷たさに、ユーリの背が凍《こお》る。

咽喉元に恐れが突き上げ、緊張のあまり身体の芯《しん》がくらりと歪んだ。

「お部屋にご案内します。どうぞ足元にお気をつけください」

執務官《しつむかん》のとりなしで、ユーリは滞在中与えられた自室へと向かった。

必死で懇願を繰り返せば、傍《そば》に控《ひか》えていたジークの執務官が、線の細いユーリの体調を気遣って、進言してくれたのだ。

護衛《ごえい》や従者《じゅうしゃ》の居並ぶ謁見の間で、ジークもそれ以上ユーリを追い詰めようとはしなかった。あっさりと執務官の進言に頷《うなず》き、ユーリが針《はり》の筵《むしろ》のような場所を後にすることを許した。

自分の前を歩く長身の男に、おとなしくユーリはついていく。

真面目そうな性格が、そのまま容姿に表れたような男だった。

実直《じっちょく》すぎるのか、感情というものがあまり見えず、能面のような顔は表情が一切《いっさい》変わらない。

「ユーリ様のお部屋はこちらでございます。滞在中足りないものがあれば、いつでもお申し付けください。こちらの従者が、身の回りのお世話をさせていただきます」

部屋の前には、人の良さそうな金髪碧眼《きんぱつへきがん》の可愛らしい少年が立っていた。

執務官の紹介に、彼は膝を軽く折って礼をし、元気な挨拶を返した。

「本国の方には敵《かな》わないかもしれませんが、ご滞在中精いっぱいお世話をさせていただきます！」

「…ありがとうございます」

彼の誠意のこもった挨拶に、ユーリもこの国に来て初めての笑顔を向けた。

ユーリがふわりと微笑《ほほえ》めば、花が綻《ほころ》ぶ様にも似た表情に、彼は頬《ほほ》を赤らめる。

滞在の予定は、三日間。

ユーリは自分の身の回りの世話をする従者も、いつも付き従《したが》う武官も、本国から連れてくることは許されなかった。許しを乞《こ》う場に、従者を何人も引き連れてくるのは相応《ふさわ》しくない、一人で謝罪に来て誠意を見せろと命令されたのだ。

そう言われれば、ユーリは逆《さか》らうことなどできない。

ユーリが幼《おさな》い頃から影のように付き従う武官のアルフは、見送りながら、最後まで心配そうな顔をしていた。

「それでは…失礼いたします」

ユーリの背後で扉が閉まる。

与えられた部屋は、王宮の中でも奥まった角の二階にあった。

（ここが…）

やはり、大国は違う。ユーリは感嘆《かんたん》のため息をつきながら、そう思った。

自分の部屋も、皇太子として国家の威厳《いげん》を保《たも》つ程度には豪華《ごうか》な装飾品《そうしょくひん》を与えられていたが、今いる部屋に比べれば、どうしても見劣《みおと》りがする。

まるで、時をさかのぼり中世の世界に引き戻されたかのような、煌《きら》びやかで優美《ゆうび》な部屋だった。

広い居間の中央には、繊細な木彫りの彫刻《ちょうこく》がなされた円卓と、対の椅子《いす》が置かれていた。

蔦《つた》の葉が細かく描かれた壁には、鉄製の燭台《しょくだい》と、ライフェンシュタインの田園風景を描いた絵画が、細工の凝《こ》らされた真鍮《しんちゅう》の額に収められ飾られている。

部屋の隅には大理石の暖炉があり、古めかしい重厚な置時計が時を刻んでいる。

窓際には丸い小さな可愛らしいテーブルと、刺繍《ししゅう》の施《ほどこ》された長椅子が置かれていた。

歴史を感じさせる調度品は、どれも手入れが行き届いており、豪華なものではあるが、華美ではない温かみを感じさせた。

金を施した陶器の花瓶《かびん》には、大輪の百合の花が飾ってある。

奥に繋《つな》がる扉が見えるが、そこは寝室なのだろう。

夜はまだ浅い。長椅子の横の窓に歩み寄り、外に目を向ければ、黄昏《たそがれ》の雲がたなびく。沈《しず》みかけた太陽が空を焼き、雲を薄桃色に染めていた。

黄昏の雲が夕闇に溶《と》けていくのを、窓枠に身をもたせながら見つめる。

窓には鉄製の格子が嵌《は》められていた。

外敵を防ぐためのものなのだろうか。だが、賓客《ひんきゃく》をもてなす部屋には相応しいとは思えず、ユーリは眉をひそめた。

ふいに、先程の射抜くようなジークの瞳を思い出す。

(…あ…)

射抜かれるような鋭《するど》さに身体が震え、ユーリは自らの身を掻《か》き抱く。

(あんな…男になっている…なんて)

ユーリの中で、ジークの姿は少年の日のままで止まっている。

けれど、再会したジークは、自分よりも年若なのに威厳すら漂わせ、他を圧倒する雰囲気に満ちていた。

自分の記憶とは違う…姿で。

何かが、彼を屈折《くっせつ》させたような、冷たい目をしていた。

豪奢《ごうしゃ》な玉座を背にして立つ男に、幼い頃の面影は、微塵《みじん》も残ってはいない。

すっきりとして力強い輪郭《りんかく》や、意志の強さを感じさせる厳しい口元のすべてが、男の自信を思わせる、力強さに包まれていた。男の…大人の男の面差しを見せ付けられ、ユーリの心臓は早鐘《はやがね》のように鳴った。

傲慢《ごうまん》な態度で自分に接する男。

ユーリの中のジークの記憶は、どうしても、目の前に存在する男とは結びつかない。

純粋に慕ってくれた瞳はいつも、真《ま》っ直《す》ぐにユーリを見つめていた。

出会ったのは、ジークが十四、ユーリが十七の時だ。

その頃のジークは、ユーリよりも幾分《いくぶん》背も低かった。

寒い日にはユーリの寝台に入るのを許し、身体を温めてやったこともあったけれど。

今、その男は。

ユーリを跪かせ、許しを乞わせている。

(どうして、こんなふうになってしまったのだろう…)

ユーリは切なげに瞳を歪めた。

弱小国の皇太子であるユーリは、大国の王であるジークの命令に背《そむ》くことはできない。

ブリスデンのハインツ国王とは、姻戚《いんせき》関係にある。幼い頃から面識のある彼を、ユーリは歳の離れた兄とも思い、身分を関係なく会うことができる数少ない人間のうちの一人だ。

だから、久しぶりに会いたいというハインツの申し出に、ユーリも懐《なつ》かしさを覚えて会いに行ったのだけれど。それが、ジークを怒らせるとは思わなかった。

確かに、ユーリの国であるローゼンブルグは、経済ではライフェンシュタインとブリスデンを最大の取引き相手国として持つ。小国とはいえ、金融の中心として重要な役割を担《にな》うローゼンブルグが、どちらか一方と手を組むということは、突き放された一方にとっても無視《むし》できない損失になるのだろう。

その上、ブリスデンと、ジークが国王であるライフェンシュタインは、その領土《りょうど》面積も国益も拮抗《きっこう》し、ライバル関係にあるのだ。

小国であるローゼンブルグは、独立を守るために歴史上いつも、どちらかの国の王に言われるまま、人身御供として姫君を差し出し、国を守ってもらってきた。

だからこそ、両方の国王の顔色を窺《うかが》い、無理な注文であっても呑《の》まざるを得なかった。

そうしなければ、国が生き延《の》びることはできなかったのだ。

なのに、どちらか一方を優先したと誤解されれば、三国の均衡《きんこう》は崩《くず》れる。

自分たちの間に、対等の関係というものは、存在しない。

跪き許しを乞う自分と、それを傲慢に命じる男。

これが今の…自分達の立場なのだ。

数年前。ユーリが十七の齢《よわい》を数えた頃だ。

「…ユーリ様、足りないものはありませんか？」

「…いいえ、何も」

アルフの言葉に、いつもと同じ返答とともに静かに首を横に振れば、慈愛《じあい》のこもった彼の目に深い同情の色がともる。三つ年上ということもあり、ユーリは実直で誠実な性質のアルフのことを、兄のように心から慕っていた。

都市部にある宮殿から遠く離れた、国境に近い場所にある古ぼけた城が、ユーリの居城だった。王族所有の城といっても、切り立った高い山々に囲まれた不便な場所を訪れる人はほとんどなく、寂《さび》れた印象を抱かせる。

眼前には、見渡す限り鬱蒼《うっそう》と茂《しげ》った針葉樹《しんようじゅ》の森が広がり、夜ともなれば呑みこまれそうなほどの漆黒の闇に姿を変える。

同年代の少年ならば、一日たりと耐《た》えられないほどの静謐な空間…そこに、ユーリは生まれたときからずっと、閉じ込められていた。

なぜなら、ユーリを出産した時に、母が亡くなったのだ。母を殺したと父に疎《うと》んじられ、王宮から遠ざけられた。災厄《さいやく》をもたらすものとして忌《い》み嫌われ、ほとんど城から出ることも許されず、王族でありながらユーリは、まるで…幽閉《ゆうへい》されるようにして育った。

それでなくとも、優秀な兄がいる以上、ユーリが王位に就《つ》く可能性は低い。

嫡子《ちゃくし》以外の王族は、小国であるローゼンブルグが生き延びるために、人質《ひとじち》として送り込まれるか、政略結婚の道具にされるだけだ。

幼い頃からユーリの立場は、決まったようなものだった。

自分はきっと、近いうちに国のため、一番利益をもたらすと思われる場所へ…売られる。

それに対して不満を言う権限は自分にはない。そして、逆らう力も自分は持たない。

逃げ出さないように見張られ、いつか他国に売られる…それを待つだけの日々。

この、閉ざされた世界の中で。

ユーリの自室は、王族とは思えないほどに質素《しっそ》だ。部屋を使う者の資質を表すような、温かみに溢《あふ》れてはいたけれども。

ユーリは室内を横切ると、窓際へと向かう。

細い月が出ていた。

「そういえば…先ほど城壁を、子供が登ろうとして注意されたそうです」

「子供？」

アルフを振り返ると、ユーリは首を傾《かし》げる。

「危険はないと判断し、厳重注意の上放しましたが、怪《あや》しい人間が入り込まないとも限りません。私のほうでも注意いたしますが、どうか身辺には充分《じゅうぶん》お気をつけて」

「はい」

忠告《ちゅうこく》に素直に頷けば、アルフはユーリの前を辞《じ》する。

扉の前まで彼を見送れば、奢《おご》り高ぶったところなど微塵もない主人に、アルフは優しげに微笑む。

通路からも完全にアルフの気配がなくなってから、ユーリは振り返らないまま、窓に向かって声を掛《か》けた。

「…見つかればただではすまない。私が黙っているうちに、バルコニーの蔦の葉を伝って、中庭へ下りろ。そのまま一息に真っ直ぐ駆け抜ければ、城壁の外に出られる」

薄いシフォンのカーテンが揺れる。

「…なんで分かったんだ？」

振り向いて正体を確かめれば、カーテンの間から少年が顔を出す。目を丸くしながら自分を見つめる瞳には、あどけなさが残っていた。

好奇心に駆られて忍《しの》び込み、運良くここまで辿《たど》り着いてしまった、そんなところだろう。

「ここは子供の悪戯《いたずら》で訪れていい場所じゃない。何故《なぜ》ここに入り込んだんだ？　見つかれば殴られるだけじゃすまないぞ。さっさと出て行け」

アルフの報告からすれば、捕《つか》まって叱《しか》られたというのに、懲《こ》りずにもう一度侵入《しんにゅう》を果《は》たしたのだろう。

わざと厳しい表情を作りながら、ユーリは命じる。無鉄砲な彼には、これくらい強く言わなければ聞きはしないだろう。めったにきつい表情を作らない自分が強く出るのは、自由に動き回れる彼が、少しだけ羨《うらや》ましかったせいかもしれない。

「嫌だね」

はっきり告げたというのに、少年はユーリを真っ直ぐに見つめたまま、目を逸《そ》らさない。整った顔立ちの彼は、まだユーリよりも背は低いものの、成長を楽しみに思わせる容姿をしていた。

年上の人間に叱りつけられれば怯《ひる》んでもいいはずなのに、思ったよりも芯は強い性質《たち》らしい。

「何だと？」

「ここに、綺麗なお姫様が閉じ込められてると聞いたから、その顔を拝《おが》んでみたかった。

それってあんたのことだろう？」

生意気な表情をして、少年がニヤリと笑う。

ガキのくせに、と言いかけた言葉を、ユーリは咽喉元で呑み込む。

「だ、誰がお姫様だ」

無礼《ぶれい》な言葉を吐《は》かれているというのに、頬が熱くなるのを感じる。

「…二度とここには来るな」

「さあね」

少年の立場を思い遣《や》っての言葉だというのに、彼はあっさりと命令を拒絶した。

「驚いたよ。本当に…綺麗で」

その上、囃《はや》すように口笛を鳴らしてみせる。そんな仕草《しぐさ》をしても、彼から下品な感じはしない。

「危険を冒《おか》して入り込んだ甲斐《かい》があったってもんだ」

クスリ、と少年の鼻が鳴った。

「俺はジーク。覚えておけよ。…また来る」

そしてつま先立つと、少年はユーリの頬に唇を触れさせた。

「なっ…」

あまりの素早さに、身をかわすこともできなかった。

「じゃあな」

少年は気障《きざ》な仕草で逃げると、バルコニーから外へと身を躍《おど》らせる。

「ここ、二階……！」

ユーリは慌ててバルコニーに手を掛け、下を覗《のぞ》き込む。すると、飛び降りたというのにしっかりとした足取りで、少年は中庭を横切っていく。余裕のある態度で振り返ると、ユーリにひらひらと手を振ってみせた。

「あいつ…」

歳に似合わない挑《いど》むような表情を見せる彼の背を、ユーリは睨みつける。

…唇の触れた頬が、いつまでも熱かった。

それからというもの、本当に少年は何度もユーリの元を訪れた。

そのたびに、ユーリはひやりとした気分を味わわされた。

見つかればただではすまないと諫《いさ》めても、全く聞く耳を持たなかった。

王族である自分に対しても遠慮《えんりよ》のない態度と、真っ直ぐな言葉が新鮮で、そのうちユーリも彼の訪れを楽しみにするように…なっていって。

それは否定しない。

無邪気に自分を慕う瞳は心地好《ここちよ》く、大切な弟とも…思っていた。

それからしばらくして。

『いつか、ここからあなたを助け出してやる』

いつの間にか背が伸びたジークに、ユーリは抱き竦《すく》められ…。

逞しい腕は力強く、ユーリを縛りつけようとする甘さに満ちていた。

ジークを…初めて男として意識した。

いつものように戯《たわむ》れの延長で頬に口づけるのとは違い、唇に誓いのキスを贈られて…。

そして。

「…あ」

冷えた外気に、ユーリは肩を震わせた。

窓際の長椅子に座り物思いに耽《ふけ》るうち、いつのまにか日は沈み、夜の空気が室内に入り込んでいた。

室内の重厚な調度品は、昔の簡素《かんそ》な自分の物とは違い、ここがジークの居城であるということを思い出させた。

先程見たジークの成長した姿が、目に焼きついている。

成長が楽しみだと思った印象どおり、数年ぶりに再会したジークは、見惚《みと》れるほどに立派な青年に成長していた。立場が人を作るのか、落ち着いた成熟《せいじゅく》した大人の男となって、再び自分の前に現れた。

そして、もう…自分を慕う気配は微塵も残ってはいない。

謁見の間で、まるで、ユーリを属国の臣下《しんか》のように、ジークは扱《あつか》った。

誓いの口づけを、拒絶したのは…自分。

手酷い別れ方をしたから、ずっと、気になっていた。

ジークを、傷つけたのではないかと。でも。

未《いま》だに過去の想いに囚《とら》われていたのは、どうやら自分だけだったらしい。

昔の誓いなど、ジークもきっと、忘れてる。

少しだけ傷つく気分を味わいながら、冷えた身体を温めようと、寝室の横にしつらえられた浴室に向かう。

窮屈《きゅうくつ》な正装を解いた時、遠慮がちなノックの音が聞こえた。

再び正装を着る時間はない。何度も鳴るノックに、ユーリは慌てて用意された室内着を身にまとうと、部屋の扉を開ける。

「…はい」

先程の、若い執務官が立っていた。

「陛下《へいか》がお呼びです。すぐに来るようにと」

「え…？　明日ではいけないのですか？」

いきなりの呼び出しに、ユーリは困惑《こんわく》してしまう。

「それを決めるのは私ではありません」

「でも、こんな格好では…」

「今すぐとおっしゃっています。お気になさる必要はありません。遅れるほうがご不興《ふきょう》を被《こうむ》るでしょう」

「…っ」

有無を言わせぬ口調に、ユーリは拒絶を諦《あきら》める。

仕方なく部屋を出ると、執務官の後をついていく。もとより、命令を拒絶することなど、ユーリの立場ではできはしない。

薄い室内着に長いナイトガウンを羽織《はお》っただけの、心もとない姿でユーリは古い樫《かし》の廊下を進む。金糸の縫《ぬ》い込まれたガウンが、歩くたびにさらさらと音を立てて煌く。長いドレスのようなシルクの裾《すそ》が、足にふわりとまとわりついた。

蠟燭《ろうそく》が壁に灯《とも》された長い廊下を進み、金のプレートが埋め込まれた重厚な扉の前で、彼は足を止めた。

「陛下。お連れしました」

「入れ」

室内に声を掛けると、低い声で入室の許可がなされる。

ジークの声だ。

「こちらが陛下の寝室でございます。それでは私は失礼いたします」

扉を開けると、命令されているのか、執務官は強引にユーリに入室を促《うなが》す。

戸惑うユーリを室内に誘《いざな》うと、背後で扉を閉めてしまった。

(寝室…?)

胸がざわめく。

視線を室内に向ければ、サテン張りの長椅子の上で、ジャケットを脱ぎ、シャツ一枚のラフな姿でジークがグラスを傾《かたむ》けていた。

まだ、慣れない。今の姿のジークに対峙《たいじ》することに。

「…来い」

金の燭台の、濃黄色の光に、ジークの彫りの深い顔が映し出された。

影を作った部分に、ぞっとするほどの凄味《すごみ》が走る。

半ば気配に呑まれるように、ユーリは室内に足を踏み入れた。

床には柔らかな絨毯が敷き詰められ、踏み入れれば足が沈み込みそうになる。

部屋の中央には、脚先まで彫刻がほどこされた、練達の職人による数年がかりの逸品と思われる重厚な円卓があった。大きなクリスタルのシャンデリアが、壁面に掛けられた鏡に、光を投げかけている。

ベッドの天蓋《てんがい》からは、滑らかなドレープを作る厚いベルベッドのカーテンが重々しく垂れ下がり、中ほどで金紗《きんしゃ》の紐《ひも》で結ばれていた。

天蓋を支える柱にも、細かな彫刻が施され、頭上には高貴なフレスコ画が描かれている。

紺と金が基調とされた部屋は、青と金の濃淡で彩《いろど》られ、気品のある雰囲気を作り出している。

「…お呼びだと…伺いましたが…」

ゆったりと長椅子に身をもたせるジークに対し、ユーリの顔は緊張に強張る。

足が満足に動いてはくれない。

頼《たよ》りないほどに細い身体を緊張に震わせ、躊躇《ちゅうちょ》したまま呼んでも近づこうとはしないユーリに、焦《じ》れたようにジークがゆらりと長椅子から立ち上がる。

「…そんなに、俺のそばに来るのが嫌か?」

自嘲気味《じちょうぎみ》な呟《つぶや》きが、整った口元から洩《も》れる。

否定できずにユーリは押し黙った。

ジークが近づくほどに、自分でも意識せずに後退《あとず》さる。壁際に、追い詰められる。

睨み付ける眼光の鋭さに耐え切れず、ユーリが顔を逸らせば、が…っと華奢《きゃしゃ》な咽喉元を大きな手のひらが摑《つか》んだ。

「逃げられると思ってるのか?」

目を逸らすことすら許すまいとするように、ユーリの顔を上向ける。

「さっきは途中で邪魔《じゃま》が入ったからな。話はまだ終わってはいない。お前がいくら頭を下げて詫《わ》びても、お前の国が隣国と手を組み、俺を裏切らないという保証はないだろう?」

身体を引きずり上げられるように、無理やり引き寄せられ、ジークの顔が至近距離に近づく。

「…うっ」

ユーリは咽喉を苦しげに詰まらせる。

正面から見据えられれば、ユーリの胸が震えた。少し濡《ぬ》れたような瞳が、燭台の明かりに照らされて、艶やかに揺らめく。

冷たく鋭い気配に、身を切られるような思いを味わう。

再会してからずっと、ジークは傲慢な態度で自分に接した。

その度に、胸が塞《ふさ》がるような思いを味わわされた。

昔、自分を慕ってくれた、その優しさを思い出すから。

「そのようなことは…ありません。絶対に」

だから、来たのだ。ここに。国の…ために。

「ならば、お前はそれをどうやって証明してみせる?」

企《たくら》みを含んだように、ジークの双眸が意地悪く吊り上がる。

「え…?」

ジークの言う意味がわからず、ユーリは切なげに瞳を細めた。

「いくら頭を下げても、口だけじゃ信じることはできないと言っただろう?」

ジークの声が低くなり、恫喝《どうかつ》するような響きを帯《お》びる。

口を閉ざすと、ユーリはジークから目を逸らす。うつむこうとする華奢な顎《あご》に、男らしい骨ばった指が掛かり、力が込められる。

「その…どうすれば…」

咽喉元に恐れが突き上げ、背が戦慄く。

「お前の国が俺を裏切らないと、誓え。そうすれば、お前の国に制裁を加えることはない。その方法は…お前もよく理解しているだろう?」

金融で重要な地位を担うとはいえ、主要な生産は酪農《らくのう》やワインだ。最大の輸出国であるジークから制裁を加えられれば、多数の企業の倒産は免《まぬが》れない。

「方法、とは、あっ…」

強引に上向かされ、再びジークの瞳に捕らわれる。顎を取られていては、目を逸らすこともできない。

獰猛《どうもう》なほどの強い眼光に囚われる。

顎に掛かる指先に力がこもり、ユーリは苦しげに息を喘《あえ》がせた。

「理解しているんだろう?　お前の立場と歴史を。裏切らないように、どうやって誠意を見せてきたんだ?」

瞳を覗き込まれ、ユーリは長い指に咽喉元を引き絞られながら、必死でジークの意図を探ろうとする。

困惑に眉を寄せるユーリに、悟《さと》らせるようにジークが告げた。

「お前は人質として役に立つように、血税で飼われていたに過ぎない」

（…っ…）

人質という言葉が、ユーリの胸を抉《えぐ》る。

昔、ジークと出会った頃の…自分の立場をはっきりと告げられる。

兄が駆け落ちし、父も不慮《ふりょ》の事故で亡くなるという事件が重ならなければ、自分は遅かれ早かれ、最もローゼンブルグに利益をもたらすと判断された国に、売られたはずだ。

「人質の扱いは、いつの時代も同じだ」

立ったまま、壁に追い詰めながら、ジークの脚がユーリの膝を割った。

「なっ…」

驚いてジークの厚い胸を押し返そうとすれば、手首を摑まれ、背後の壁に身体ごと張り付けられる。

片手で易々《やすやす》とユーリの両方の手首を拘束《こうそく》しながら、ジークはするりとユーリの肩からローブを落とす。

薄い室内着だけの姿に、獰猛なほどに強い眼光が落とされる。

整った相貌《そうぼう》が近づく。

耳朶《じだ》にジークの唇が触れた。愛撫《あいぶ》を施すかのように耳朶を舐《な》め上げられ、舌先が柔らかい首筋に下りていく。

「っ!!」

ユーリの顔から血の気が失われる。

(まさか…まさか)

目の前の男は…自分を。

「最も簡単な方法だろう？　裏切らないと証明するには」

昔からずっと、ユーリの国は姫君を人質として大国に差し出し、その代わり、平和を与えられていた。王族だけが涙を呑んだ裏の歴史だ。

「お前を人質としてもらおうか？」

ユーリの顔が強張る。

やっと、ユーリはジークの意図を理解した。

王族が人質として、他国の王の前に差し出される時、それは…奴隷《どれい》としての意味を持つ。

ユーリは息を呑んだ。

ひ…っと咽喉が鳴る。

「や…っ」

逃れようとすれば、もがく肩をが…っと摑み取られる。

「俺の手を拒む権利が、お前にあるとでも思ってるのか？　人質らしく分をわきまえろよ」

低い声に恫喝を混ぜて告げられる。ユーリの身体がびくりと竦み上がった。

吐息《といき》とともに、逆らうことの許されない命令が吹き込まれる。

（人質…そんな…）

人質という言葉を聞けば、ユーリの胸が締め付けられそうになる。

離宮《りきゅう》に閉じ込められていた日々を思い出してしまう。

ずっと、…諦めていた。王宮から遠く離れた城に閉じ込められ、人質として売られるのを待つだけの日々を。

うらぶれた城から自分が出られるのは、人質として送り込まれる時だけ。

思いもかけず出ることができたのは、まったくの偶然に過ぎない。

諦めていた自分を、「ここから出してあげるから」そう力強く言ってくれたのは、…ジークだけだった。なのに。

その人は今、ユーリを囚われの身に、貶《おとし》めようとしている。

助けてやると誓ってくれた彼は、もういない。

「酷いことはしない。お前は大切な…人質だからな」

人質の身から救い出すと言った人が、人質という言葉を使う。

ユーリは切なげに瞳を歪ませた。大切な、という言葉に、心はこもっていないことを感じ取る。

ユーリを怯《おび》えさせないような、優しげな声音だった。けれど、ユーリが眉を顰《ひそ》めながら身じろげば、すぐに声音は硬質なものに変わる。

「お前が俺に素直に従っているうちは…だ」

「あっ…！」

羽が触れるように柔らかに肌に唇を触れられれば、ゾクリと背筋が戦慄く。沸《わ》き起こる感覚が怖くて身じろげば、命令に逆らった罰《ばつ》と言いたげに、ジークがユーリの耳に歯を立てる。

そのまま舌を首筋に滑らせた。

「あっ…う、や…っ！」

真っ白な雪のような肌の上に、赤い痕《あと》が残される。

「は、放して…っ！」

「奴隷としての立場をわきまえろと言っただろうッ」

少しでも拒絶の言葉を吐けば、鋭い恫喝とともに冷たい目に睨みつけられる。

激しい怒気をぶつけられ、迫力に気圧され、ユーリは口を噤《つぐ》む。

「っ…！」

ユーリの胸が恐怖に凍りつく。

「国を守ってほしいんだろう？　お前の国の将来は、お前の態度と心一つだ。俺の歓心《かんしん》を得られれば、お前の国に援助は惜しまない。気に入りの一人になれるように、俺を悦《よろこ》ばせてみろ。…その身体で」

力強い腕がユーリの腰に回る。

広い胸を押し返そうとしても、両手首を胸の前で拘束されていてはかなわない。

王族としての自分の利用価値は、ジークが言う通りだ。

「逆らわないと誓いますから…どうか、それだけは…！」

ユーリは身を竦ませながら懇願する。けれど、ジークの腕の力は緩《ゆる》まない。

「お…お許しを」

その言葉を口にのせれば、泣きそうに…なる。

これが今の…自分たちの関係なのだ。

「どうか…」

けれど、ユーリの懇願は、あっさりと無視される。

「この国にいる以上、お前がどうなるかは、俺の意志だけで決まる。お前の意思は必要ないんだぜ？」

弱々しい抵抗を繰り返すユーリに、苛立《いらだ》たしそうにジークは片頰を上げる。

押しひそめた怒りの気配を感じ、ユーリは唇を閉ざす。

「…っ」

ジークの、牙《きば》のような犬歯が光る。獰猛な獣《けもの》にも似た表情を見せ付けられ、ユーリの前に絶望が広がった。

「…脱げ。一糸《いっし》纏《まと》わぬ姿になって、寝台に上がれよ」

傲慢な命令が下される。

「裏切らないというのなら、証明してみせろ。このくらいの命令が聞けないようじゃ、口だけだと思わざるをえない」

（っ…！）

「そんな…っ」

強大な王が隣国の王子を跪かせ、身体で、隷属を誓わせる。

とうとう、ユーリの瞳には水の雫《しずく》が盛《も》り上がった。

「どうか、許して…下さい。お願いです…っ」

ユーリは必死で言い募る。

声が涙に震えた。けれど、いくら花のような顔を苦痛に歪めても、目の前の男の怒りは解けない。

恐怖に怯え、身体を震わせることしかできないユーリを、ジークは残酷《ざんこく》に見下ろしている。

「夜間、王の褥《しとね》に呼び出された理由を、わからなかったとは言わせない」

「私は、そんなつもりは…あっ」

往生際《おうじょうぎわ》の悪い態度だとは思っても、腕を振り払おうと試みれば、痕がつくほどに強く手首を握《にぎ》り込まれる。

冷たい瞳がユーリを見据えた。

「俺に無理やり脱がされるほうがいいか？　俺はそれでもかまわないが」

ジークの口元が弧《こ》を描いた。

「頭を下げただけで許されると思うなんて、虫がよすぎるだろう？」

薄い笑いが耳を掠《かす》める。

どうあっても、怒りを解く他の方法を、ジークは与えるつもりはないらしかった。

「…あ」

ユーリの艶やかな唇から、力ない吐息が零れ落ちた。

こんな扱いをするような人ではなかったはずなのに。

余裕のある傲慢な態度で、ジークは告げる。

「どうせお前のその美貌だ。今までは外に出る機会は少なかったが、今後皇太子として外交の場に出れば、お前に目をつける男も出てくるだろう。お前の立場など、その男に脚を開くか、今俺に脚を開くか、その違いだけだ」

冷たい目が、心臓を抉る。背筋が凍りつくほどの迫力は、他の比ではない。

「ですが、…あ…っ！」

言うことを聞かないユーリに焦れたのか、その身体を軽々とジークは抱き上げる。

寝台へと運ばれ、シーツの上に押さえつけられる。

男の…牡《の》の身体が、ユーリの華奢な肢体の上に圧し掛かる。

「い、いや…っ！　放して…っ」

ユーリの身体が恐怖に竦んだ。圧し掛かる身体を跳《は》ね除《の》けようと、必死でもがき続ける。

でもすぐに、ユーリの抵抗はあっさりと捻じ伏せられた。

頭上で手首をシーツに縫い付け、ジークはもう片方の手のひらで、ユーリの脚を割った。

「ひっ……！」

ユーリの咽喉が引き絞るような悲鳴を上げる。

「や、やめ…っ、おねが…っ！」

唯一自由になる頭を左右に振り続けながら、逞しい身体の下で、ユーリは暴れた。

けれど、精いっぱいの抵抗もむなしく、羞恥《しゅうち》をわざと煽るように、脚を左右に大きく割り開かれる。

ジークは易々とユーリの脚の間に身体を割り込ませると、もがく手足を押さえ付けた。

首筋に嚙み付くような口づけが落とされる。ねっとりと這《は》う舌の感触に、ぞくりと背筋を悪寒《おかん》が駆け抜けた。

「やっ……！」

「動くなッ！」

「っ!!」

ビクンとユーリの全身が跳ねた。

「無理やり…身体を引き裂《さ》かれたいか？」

凄みを伴《ともな》った声音に、恫喝の響きが混ざる。

「俺の腕を拒むことは許さない」

きつい眼差しに獰猛な光が浮かぶ。

迫力のこもった命令に、ユーリの身体は竦んだように動かなくなる。

「俺に逆らうことができる立場だと思っているのか？」

ジークの言葉に、嘲笑が混ざった。

動くことができないユーリの室内着のボタンを、まるで、脱がしていく行為を楽しむかのように、ゆっくりとジークが外していく。

（…あ）

白い肌が少しずつ、露《あら》わにされていく。小刻みに、身体が震えた。

「お、おねが…い、いや…」

恐怖のあまり思うままに動けない身体を震わせながら、ユーリは懇願を繰り返す。

本当は圧し掛かる身体を跳ね除けたかった。でも、凄味を伴ったジークの迫力に、動くことができない。

怖い。動けない。

とうとう、胸元を覆《おお》う布を剝《は》ぎ取られ、男の眼前に陶器のような滑らかな肌が現れる。

怯えて、ただ身体を震わせることしかできないユーリの肌に、都合がいいとばかりにジークが痕を残していく。

ジークは満足げに鼻を鳴らすと、首筋を嬲《なぶ》っていた舌先を、胸元へと滑らせた。胸元に色づく突起《とっき》を、舌が捕らえる。

「や、あ…！」

胸元に、痺《しび》れるような感覚が走った。熱い舌が、ねっとりと突起に絡みついた。先端を尖《とが》らせながら、舌先が突起を弾《はじ》く。

ジークの舌技は巧《たく》みだった。時折歯を立てたり、舐め上げたりしながら、執拗《しつよう》にユーリの胸の尖りを責め立てた。

「んっ…あ…っ！」

途端に、背筋を今までに味わったことのない快楽が駆け抜けた。

白い肌の上に色づくチェリー色の突起を、ジークが美味《うま》そうに味わう。そこだけで感じるように、躾《しつ》けられているみたいだった。

（いや…こんな…）

ちゅ、ちゅ、と肌を吸われる音が寝室に響く。

羞恥のあまり脳が焼き切れそうだった。

尖らせた舌が自分の突起を弾くのが見えた。自分が受けている卑猥《ひわい》な行為を直視したくはなくて、ぎゅ、と強く目を閉じる。唇を噛み締めながら、舌先の与える蹂躙《じゅうりん》に耐えた。

「…う」

「唇を嚙むな」

上がる声を堪《こら》えれば、ジークは不愉快《ふゆかい》そうに眉を吊り上げる。

「や…め…お、ねが…」

「声を殺すな。俺にお前のいい声を聞かせろ」

ジークの切れ長の双眸が、にやりと笑った。

ユーリの眦《まなじり》に、涙が盛り上がる。

これが、あの少年だろうか。

困惑と、深い混乱の前になす術もなく、ユーリは苦しげに喘いだ。

巧みすぎる舌技の前に、ユーリの身体はじわりと熱く火照《ほて》っていく。ツキン…と胸元が疼《うず》き、下肢に妖《あや》しい感覚が灯った。ぷっくりと尖ってもなお、ジークは執拗に胸ばかりを苛め続ける。

「あ…あ」

声を殺すことすら許されず、ユーリは嬌声《きょうせい》を洩らしていた。

ふいに、ジークが胸元の突起から唇を離した。

「あ…」

思わず、不満げな吐息が洩れて、ユーリは慌てた。慣れない身体には、ジークの愛撫は強烈過ぎた。早急に胸だけを追い上げられて突き放されれば、与えられる感覚の落差に、戸惑いを覚える。勃《た》った乳首は唾液《だえき》で濡れそぼり、淫猥《いんわい》に光っている。

ジークの鼻が鳴った。

「俺を裏切るような真似をすれば、どうなるか…わからせてやるよ、お前の、身体に」

低い脅《おど》しを吐きながら、ジークは身を起こすと、再びユーリの脚を強引に割り開いた。

「やっ…！」

脚を大きく開かれ、膨《ふく》らんだ下肢を露わにされる。

あまりの羞恥に膝を閉じようとすれば、

「閉じるな！」

鋭い声に恫喝され、ビクリとユーリは竦み上がった。

それきり、命令に逆らうことはできなかった。

太腿の薄い皮膚《ひふ》に、髪が擦りつけられる感覚があった。

はっと視線を下ろせば、白い内腿の付け根に息づく薄い色の肉茎を、ジークが口腔に含むのが見えた。

「あっ…！　…あ」

潤んだ瞳が、零れ落ちそうなほどに大きく見開かれる。

自分の股間に、男が顔を埋めている。

泣きそうに、なる。あまりの羞恥に頭がおかしくなりそうだった。

食い尽くすようにしゃぶられれば、ユーリの下肢は意思とは裏腹に、蜜《みつ》を溢れさせていく。

「いや…」

「何が嫌だ？　お前には、嫌と言う権利なんかない。お前が口にしていいのは、…俺に従う言葉だけだ」

傲慢な言葉がユーリの胸を抉る。

わざとユーリの官能を煽るように音を立て、ジークが震える性器を啄《つい》ばむ。

ズキリと淫《みだ》らな官能が走った。

瞳の周りが赤らみ、頬が上気する。全身を淫らな色に染めながら、ユーリは小刻みに細い身体を震わせた。顎を仰け反らせ、華奢な身体で蹂躙を受け止める。

「ひっ…あ」

恥ずかしさのあまり、息つぎさえもままならない。

跳ね上がった心拍数が苦しい。

無理やり追い上げ、充分にユーリの肉茎を愛撫した後、ジークは手のひらにユーリから零れ落ちた蜜を塗《ぬ》りつけた。そしてそのまま、指先で入り口をなぞった。

「中まで、滑るようにしておかないとな」

「何…」

濡れた男の指先が、秘められた場所に突き立てられる。

「あぁ…っ！」

恐怖の滲《にじ》んだ声が、余韻《よいん》を引いて零れた。

つつましやかに閉じていた窄《すぼ》まりを、無理やり指先が掻き分け、内襞を擦った。

「い、痛っ…！　なにを…っ」

「俺を受け入れられるようにしてやる。お前のここはあまりに狭《せま》い」

露骨《ろこつ》な台詞《せりふ》で嬲られながら、淫らがましい音を立てて指が抜き差しされる。

男を受け入れるための準備を施されているのだと知って、恐ろしさにユーリは震えた。

「いや…っ！　お許し…くださ…っ」

懇願と拒絶の言葉しか言わなければ、内に埋まった指先の、惨《むご》い蹂躙が酷くなる。

恐ろしいのは、異物を受け入れているというのに、ある場所を擦られると、快楽の片鱗《へんりん》が下肢に浮かぶことだ。ユーリはか細い声を上げた。

身体の奥から甘い戦慄《せんりつ》がこみ上げ、指に穿《うが》たれるたびに、先端から蜜が溢れ出す。

（あ、だめ…）

けれども禁忌《きんき》を解こうとした瞬間、あっさりと指は引き抜かれてしまう。

「お前の利用価値など、こうして身体を差し出すことくらいしかないいんだということを、よく覚えておけよ」

恫喝ともに、淫欲を漲《みなぎ》らせた勃起が押し当てられた。

火傷《やけど》しそうな熱が、身体を貫ぬく。

「ひっ…！　や、や…ぁぁぁっ…！」

灼熱の楔《くさび》が、ユーリの蕾《つぼみ》を割り開いた。

両眼から大粒の涙が溢れる。陵辱《りょうじょく》の肉杭を打ち込まれ、痛みのあまり、ユーリは苦しげに眉を寄せる。ままならぬ身体を必死でもがかせれば、ジークが不愉快そうに舌を打つ。

「お前は…俺の人質だってことを、よくわからせてやる」

ユーリの反応を確かめながら、ジークは形を馴染《なじ》ませるように緩い突き上げを繰り返す。

苦痛が快楽に変わるようにと、前への愛撫を繰り返されれば、次第にユーリの身体は快楽の片鱗を感じ始める。

その反応を見て取ると、ジークは次第に腰の動きを速めた。

忙《せわ》しげな粘膜の擦れる音が響き、快楽の波が次々に襲い掛かる。

「あ、あ…っ」

粘膜を激しく突き上げられて、ユーリは透き通るような声で鳴いた。

「や、いや…っ…ぁっ…」

頬が涙に濡れる。

「…ユーリ」

剛直を打ちつけ、蹂躙する男が自分の名を呼んだ。

視界が霞《かす》み、激しすぎる快楽の前に次第に意識が混濁《こんだく》していく。

獣のように激しく、ジークがユーリの肌に所有の刻印を落としていく。

「いっ…たっ…」

牙を立てるように強く咬痕《こうこん》を残され、ユーリは苦痛に顔を歪める。

「俺を…裏切らないと、誓え」

なぜか声に苦しげな気配が混ざる。

水の膜《まく》に、ジークの昔の面影が歪んだ。

昔、助けてくれると誓ってくれたこともあったのに。

一緒の寝台で身体を抱いて眠ったこともあったのに。

優しげで真っ直ぐな瞳は、もう自分に向けられることはない。

「ゆる…許して…」

泣いて許しを乞いながら、ユーリは力なく瞳を閉じた。


ユーリは鏡に映る白い顔を見つめた。

情けない表情をした、青白い顔が見返してくる。目の縁《ふち》は赤く染まり、泣かされた気配を色濃く残すように、瞳が潤んでいる。首筋から鎖骨のライン…胸元へと散らばる痕。獣のように吸われ、征服された証だ。

そ…っと指の先で痕をなぞれば、そこに触れたジークの唇の感触を思い出す。

(…っ…)

ふるりと背が震えた。

シーツを身体に巻きつけたまま、呆然と鏡を見つめる。

明け方、やっと解放されたユーリは、ままならぬ身体を引きずりながら、自室へと戻った。

あれから、もうどの位経《た》ったのだろう。重い羅紗《らしゃ》のカーテンに日の光を遮《さえぎ》られた室内は薄暗く、今が何時を指すのか見当もつかない。

真っ白なシーツが長いローブのように優雅なドレープを作り、床に零れ落ちる。

寝台のすぐ横にはめ込まれた鏡の前に、ユーリは立ち尽くしていた。

凝った細工の額に縁取られ、真鍮で作られた葡萄《ぶどう》の葉が巻き付いた、背丈以上の大きな鏡が、ユーリの全身を映し出している。

信じられなかった。

けれど、身体の奥に残る甘い痛みが、昨晩自分の身の上に起こった悪夢のような出来事を、現実だと知らしめている。

自分でも触れたことのない最奥を暴かれ、快楽を引きずり出された。

力では、敵わなかった。

手首を易々と握り込まれて抵抗を奪われ、熱杭を打ち付けられた。何度も。

嫌と言っても止めてはくれなかった。

抗議するように広い肩に歯を立てたけれど、痛みなど感じた素振りも見せずに楔を何度も出し入れされた。

圧倒的な体格差。圧し掛かられ、押さえつけられれば二度とその腕の中から逃れることはできなかった。

あれが、自分の記憶に残るあの…少年だろうか。

出会った頃はまだ自分よりも背が低く、体格も少年らしいしなやかさを保ち、肩幅も狭くあどけなさすら残していた。

けれど今は、守ってやらなければならない部分など微塵もない。

大人の…男の身体だった。そして、自分を抱いた。

抱かれたのだ。あの、男に。

もう、自分の知っている彼ではないのだ。

身じろげば、つ…っと太腿の間を滑《ぬめ》った感触が伝わる。

『お前が俺のものになったことがわかるように、中に出してやる』

そんなことも…言われた。

途端にフラッシュバックしたかのように、昨夜の情景を思い出す。

「…あ」

男に注ぎ込まれた精液の、滴り落ちる感触の生々しさに、ゾクリと背が戦慄く。

両腕で、自身の身を守るように肩を掻き抱いた。

さらさらと衣擦れの音が、滑らかに床に響く。初めて味わう淫靡な感触に、どうしていいのかも分からず、ただ震えることしかできない。

瞳を潤ませた…自分の淫らな表情を見ていられなくて、鏡から目を逸らせば、脇《わき》にある重厚な造りのキャビネットが目に入った。

ふと、違和感を感じてキャビネットを覗き込めば、大きな陶器の花瓶に、零れるような大輪の薔薇《ばら》が生けられていた。

（あれ…？）

昨晩は、別の花が生けられていたような気がする。

むせ返るほどの薔薇の香りが鼻をつく。朝枝を切ったばかりの、強い香りだ。

執務官が適当に用意したのだろうが、薔薇に囲まれればつい、自分の国の習慣に当てはめてしまいそうになる。

王族へ薔薇を贈るのは、求婚の意味。

受け入れられなければ、その贈り主は国を捨てなければいけない。それほどに重大な意味を持つ。ただし、他国の人間には、関係のないことだ。

ユーリはふるりと首を振った。

改めて室内に目を向ければ、家具や装飾品には贅《ぜい》が尽くされ、圧倒されそうになる。

ベッドの天蓋からはベルベットの天幕が掛けられ、金糸の紐で結《ゆ》わえられている。

大理石の暖炉《だんろ》と、田園風景が描かれた数枚の絵画は歴史を感じさせ、天井から吊るされたシャンデリアの淡い光に映し出されて煌く。

経済的にも潤っている大国の王であるジークと、ユーリに与えられた環境はあまりに違いすぎる。

王族だからと誤解されがちだが、決してユーリは華美な性格ではない。所詮《しょせん》自分は皇太子になったばかりで、贅に慣れてはいない。皇太子になる前は、離宮に閉じ込められていたのだから。王宮から離れた、殺風景で寂しい風景が、自分が見てきた場所なのだ。

そして、そこで。

ジークと出会った。

(ジーク…)

自分の知っている記憶の中の彼の姿を思い出せば、胸が痛む。

現実からわざと目を逸らすように、昔の彼の姿ばかりが浮かぶ。少年の日の彼を脳裏《のうり》に描けば、唇がじわりと痺れたようになる。

ピンク色の薔薇のような唇に、ユーリはそっと人差し指を押し当てた。

優しくて、甘い記憶が呼び覚まされる。

羽根が触れるような優しさで、黄昏を待たずにふわりと与えられた誓いのキス。

誓いの……。

「起きていたのか？」

ふいに背後から掛けられた声に、ユーリの身体が自分でもそれと知れるほど大きく竦み上がった。

ユーリの反応を見て、ジークの目の端がすい…と苦々しげに歪む。

無意識のうちに逃げを打つ身体を、ジークが布ごと背後から抱き締める。細い腰に逞しい腕が絡んだ。ユーリが痛む身体に泣きそうな想いを抱いているというのに、ジークにはユーリを支配したという、満足げな気配があった。

「…あ」

再び、ジークの腕の中に囚われる。逃げたくても力では、敵わない。

ユーリの華奢な身体は、すっぽりとジークの胸元に収まってしまう。

ジークは既に身支度を整え、公務を終えたのか正装に身を包んでいた。

一国の王として威風堂々《いふうどうどう》とした姿を見せつけるジークと、薄いシーツ一枚を身に纏っただけの自分…。今の立場の違いを、思い知らされるかのようだった。

「離して…ください」

蹂躙された記憶と緊張のせいか、思ったより弱々しい声になった。

「離してその後どうするつもりだ？　自分で精液を掻き出せるのか？」

か…っとユーリの頬に血が昇る。

胸が抉られたように痛む。ジークの言葉に、ユーリの胸は血を流し続けている。

帰りたい。もう。一刻も早く。

「昨夜…忠誠は誓ったはずです」

震える声を抑え付け、ユーリは訴える。

「お気がすまれたのなら、国に帰…ります。ですから…どうか」

身体で…誓わされたのだ。

逞しい胸に抱かれれば、昨夜の記憶を思い出し、平静ではいられない。

「駄目だ」

けれども、帰してほしいと言った途端、ジークを取り巻く気配が獰猛なものに変化する。

支配欲が満たされたような満足げな気配は瞬時に消え失せ、怒りすら滲ませたように、

ジークは眉を吊り上げた。

「帰らせるわけにはいかない」

「なん…っ」

驚いてユーリは振り返る。整った顔が間近にあった。

「お前は人質だと言ったはずだ。いくら頭を下げても、お前が裏切らないという保証はない。いくら痛くも痒くもないとは言っても、お前の国の経済力がブリスデンに味方するのは不愉快だ。お前と国の動向を監視《かんし》する必要がある」

人質。…改めて、ジークの言葉が胸に突き刺さる。

「お前の役割はわかっているんだろう? 身体を差し出して、守ってもらわなければお前の国など、生き延びることはできない。自分が国のために果たせる役割を自覚しろよ」

ジークはむっとしながら、ふてぶてしい台詞を吐く。

「俺を愉《たの》しませる前に気を失ったくせに。俺を満足させることもできずに、帰れるとでも思っていたのか?」

ユーリの顔が強張った。はっきりと宣言されて、ユーリの胸が凍る。

身体を売って、国を守ってもらう。幼い頃からそう躾けられてきた。

国のため絶対的に奉仕《ほうし》する存在にあるのが、王家だ。感情を、押し殺して…。

「国王であるお前の祖父も、俺の国との関係がより強固になることを望んでいる。俺がお前をそばに置くことを望んでいると知れば、逆に喜ぶだろうな」

ジークの言う通りだった。

本当のことは、祖父には絶対に…言えない。訴えても、信じてもらえる筈《はず》がない。

自分の味方も、助けてくれる人も、誰もいない。

つ…っとジークの指先が、布の上から脇腹をなぞった。

ゾクリと湧き上がる淫らな感触に震えれば、膝が割れ、シーツの隙間から、滑らかな脚が剝き出しになる。いやらしげな視線が、太腿に伝わる白濁に落ちた。

「お前が二度と俺を裏切るような真似をしないと誓うまで、国には帰さない」

鏡の中の瞳が、獰猛に笑う。

「そんな…」

裏切らない、と言おうとして、ユーリは口を噤んだ。

自分は過去、すでに彼を裏切っている。

多分、いくらユーリが裏切らないと言っても、信じてはもらえないだろう。

「お前は大切な、人質だ」

他国へ送り込まれた人質という名の王族は、どう扱われても文句は言えない。

実際は、奴隷よりも過酷な立場を受け入れなければならないこともある…。

王族とは名ばかりで、自分は人質という名の、奴隷なのだ。

「今宵《こよい》も、俺の褥《しとね》に来い」

「そんな…っ」

耳元に、官能的で低い男らしい声を吐息とともに吹き込まれて、下肢が痺れた。

抱かれてすぐ、今宵の約束を結ばされる。

「さもなければ、この場でお前を…抱く」

「っ！」

ユーリの咽喉が乾《かわ》いた音を立てた。

「…私のことなど抱かなくても、あなたには自ら抱かれたいと望む女性が、いくらでもいる筈でしょう？」

「俺に従順な女にはもう飽きた。お前が嫌がれば嫌がるほど、俺はお前を抱く」

嫌がるほどに。

昔、自分よりも小さかった身体が、今度は自分を組み敷く――。

首筋に残された痕の上に、獰猛な牙が立てられた。

「せいぜい、嫌がってみせろよ。俺を楽しませるだけだ」

面白い獲物を捕らえたとでもいうかのように、ジークが鼻を鳴らした。気丈な態度でユーリが反抗を続ければ続けるほど、背後から回る拘束は強くなっていく。

「あ…っ！」

「人質をどう扱おうと、俺の自由だってことを、よく覚えておけよ」

白磁のような滑らかな肌に、鮮やかな咬痕を落とされる。

奴隷としての扱いの始まりを、知らせるように。


それからの日々は、拷問《ごうもん》のようだった。

甘美な快楽という名の拷問だ。嫌というほど感じさせられ、淫靡な快感の淵《ふち》に貶《おとし》められていく。ユーリはジークに抱かれるまでは、さほど性欲が強いほうではなかった。だが、大きな手のひらで、快感を引きずり出すかのように触れられると、射精感が込み上げてきて、たまらなくなる。

王の寝室からは、毎晩のように、ユーリの嬌声が響いていた。

鉄格子の嵌《はま》った部屋から呼び出され、抱かれるために夜ごと王の褥に向かう。

鉄格子は、外部からの侵入を阻《はば》む目的だと説明されたが、実際は違うということを、身に沁《し》みて思い知らされている。

鉄格子が嵌められていては…逃げられない。

本当に、奴隷のような生活だった。

王を満足させるためだけに、生き永らえる…。

「やめ…ぁ…あっ」

無理やり声を上げさせられ、力尽くで抱かれても感じるように身体を変えられていく。

今もジークは、ユーリの胸元を苛めるように愛撫し続けている。ジークが用意した衣類はとっくに剝ぎ取られ、床に散らばっていた。王族の一員として、人前で肌を晒《さら》さぬよう教育されてきた身としては、服を脱いで裸体を晒す経験など、あるはずもない。

肌を男の眼前に晒すだけで、脳が痺れるほどの羞恥に襲われる。

ジークはシャツの胸元をはだけてはいるものの、着衣を乱してはいない。

自分だけが、一糸纏わぬ姿で、ベッドに仰向けに横たわっている…。

しかも、両足は大きく広げられ、間に男の身体を挟みこまされているのだ。

恥ずかしい。見ないでほしい。

なのに、羞恥すら興奮に変わり、快楽を煽る。

下肢の狭間で分身は既《すで》に勃起し、はしたない蜜を溢れさせていた。

「恥ずかしいのか？」

自分を見つめる視線から逃れるように、ユーリが顔を背ければ、嘲笑《あざわら》う声が耳を刺した。

「…処女でもないくせに」

残酷な台詞を吐きながら、ジークはにやりと口元を上げる。

（っ…）

「…う」

酷い言い草に、蜜色の瞳に涙が盛り上がる。けれど、ジークの愛撫の手は、止まない。

「あっ…あ…ん」

ひっきりなしに喘いだせいで、語尾が甘く掠れる。自分で自分が嫌になるほどの、甘ったるい声だ。

「もっと脚を開け」

「っ…！」

唇を噛み締めながら脚を閉じようとすれば、すぐに鋭い声に叱責《しっせき》され、罰を与えるようにいっそう激しく指で嬲られるのだ。

「俺の命令に逆らうなと言っただろう！」

不愉快そうに、ジークが叱責を与える。

その剣幕《けんまく》に圧され、ユーリはビクンと身を竦ませた。

せめて…と苦しい息を喘がせながら、ユーリはささやかな抵抗を試みる。

「どうやって…国には、説明を…あっ…」

問いは淫靡な吐息に掠れた。

最初に滞在を予定していた三日は、とっくに過ぎている。

自分の滞在が長引き、帰国が遅れれば、不審に思った国が動くだろう。

「そういえば、打診が来たな」

それでは、すでに国は動いたのだ。

ユーリの胸に期待が生まれる。祖父が、自分を助けてくれるのではないかと。けれど。

「具合が悪いから、治るまで休ませると説明してある。そうしたら素直に引き下がったぜ」

「…あ…」

落胆《らくたん》が胸を刺す。

王自ら説明した理由を疑うような真似をすれば、外交問題にも発展しかねない。

ローゼンブルグの使者は、引き下がらざるをえない。

ジークは身体を屈《かが》めると、ユーリの胸の突起に唇を落とした。

甘咬みし、音を立てて吸い上げる。

「あっ…やっ…あぁぁ…っ」

くちゅくちゅと淫らがましい音が、胸元から響く。

ユーリの細い肢体が、悩ましくくねった。

「自ら欲しがるように…してやる」

男らしさに溢れた魅惑的《みわくてき》な顔が、薄く笑う。

「そんな、いや…っ、あうっ！」

抵抗の言葉を口にのせれば、いきなり強く乳首を吸われた。

指で嬲られ続け、敏感になった部分には、強すぎるほどに甘美な刺激だった。

痛みさえ、快楽に変わる。そして、胸元に生じた快楽は、下肢へと伝わっていく。

「…立場を、わきまえろ。お前は、俺を拒むことなんか、許されないんだよ」

奴隷としての役割を、諭《さと》すように告げられる。

それからは、ユーリが欲しがるまで徹底的に嬲られた。自ら…欲しいと言うまで。

王の閨房《けいぼう》に、ユーリの切なげな嬌声だけが響く。

ジークは、ユーリの肝心な部分には、触れない。

愛撫の手は執拗だった。

脇腹や滑らかな双丘、太腿の内側、身体中のあらゆる部分を感じるように開発されていく。耳元を愛撫され、そんな微弱な感覚にすら、下肢に快楽が流れ込む。

「そろそろ…欲しいんだろう？」

魅惑的な声に誘惑されて、淫らな台詞がユーリの興奮を煽る。両足の狭間で揺れる部分が硬くなり、腰が自ら揺れた。

「あっ…ぁっ…だ、め…も、っ…」

快楽に喘ぎ、苦しげに身悶える様を、ジークは冷静に見下ろしている。

見られている。肌が淫らな色に染まりきり、瞳を快楽に潤ませ、男に抱かれて悦ぶ様を。

そう思えば、身体中が火照ってどうしようもなくなる。

全身を快楽に支配されてしまう。肝心な部分に触れられないもどかしさと、達《い》けない苦しさに、とうとうユーリは涙を溢れさせた。

羞恥よりも苦しさが勝り、耐え切れずに下肢に腕を伸ばそうとしてしまえば、すぐに手首をすくい取られた。易々と握り込まれ、強くシーツの上に両腕を縫い付けられる。

「あぁぁ…っ」

痕が残るほど執拗に押さえ付けられ、胸の尖りに歯を立てられた。

やはり、ユーリが自ら欲しがらなければ、ジークは解放するつもりはないらしかった。

ジークが胸元から唇を離す。煽られるだけ煽られ、そのまま放って…おかれる。

こんなふうにされるのは、鉄格子の嵌った部屋に閉じ込められてから、初めてではない。

胸だけを弄《いじ》られ、勃起するのを強要されたこともある。

かわいらしい色をしていた清楚な印象の胸の突起は、嬲られ弄られ続けたせいで、熟れたように赤く染まっていた。

下肢の付け根が、熱い。

「んっ…んっ…」

はしたない吐息がひっきりなしに洩れてしまう。

歓喜を知らせながらも、眉は困惑と戸惑いに寄せられる。

その切なげな表情は男の嗜虐心《しぎゃくしん》を煽る。

男らしい無骨な印象の骨ばったジークの指が、ユーリの双丘を揉みしだく。全神経が、触れられた部分に集まる。ヒクつき始めるのは、震える尻の間の秘められた部分だ。

「…うっ…」

欲しがるまで、徹底的に嬲られた。責め続けられる閨房に、ユーリの啜《すす》り泣きが洩れた。

気を失ってしまうことができたなら、どんなにかいいだろう。

「前を触ってやってはいないのに、感じているな、お前は」

無理やり尖らされた胸の果肉を弄られるだけで、ユーリは勃つようになった。

ヒクつき出した蕾に男の視線が落ち、はしたない反応を責められる。

「民に見せてやろうか。次期王として頭《かしら》に戴く人間が、どのくらい淫らなのかってことをな」

（いや…っ）

淫乱な性質だと蔑《さげす》まれ、ユーリの胸が痛む。ユーリは静かに涙を零した。

「もっと泣かせてやる」

「あっ」

下肢を割って、指がユーリの中に入り込んだ。勃起の芯が打ち震える。快感が勃起に走り全身に広がる。快楽に背が戦慄いた。

蜜を溢れさせてしまえば、蕾に塗り付けられた。潤いで易々と指が侵入を果たす。

恥ずかしい部分に、指が挿入されている。

さんざん焦らされた粘膜は充血し、指を悦んで咥《くわ》え込んでいた。

「あっ…ああ…」

本来は男を受け入れる部分ではないそこに、指を挿入されたというのに、ユーリは明らかに感じていた。

切なげな声でユーリは鳴く。

ジークがほくそえむ気配が伝わってくる。

最初は、異物感しか感じなかったのに。

粘膜《ねんまく》を、鉤状《かぎじょう》に折り曲げられた指先が、引っかくように摩擦《まさつ》を繰り返す。何度も指が出し入れされる。蕾からは、男を受け入れる前には感じたことのなかった深い快感が込み上げている。次第に媚肉《びにく》は熱く熟《う》れ、蕩《とろ》け出す。

恥ずかしいのに…内壁は指を受け入れて悦んでいる。

いつの間にか指は二本に増やされて、陰道はずっぽりと指を咥え込んでいた。

もっと、ぐちゃぐちゃに掻き回してほしい。そんな恥ずかしい欲望すら込み上げて、淫靡な快楽が、どうしようもなくユーリを狂わせる。

性器は異物を挿入された痛みに萎《な》えるところか、硬く勃ち上がり、涎《よだれ》を滴《したた》らせていた。

「お前のここは、嬉しそうに呑み込んでいるぜ。ん？」

言いながら柔肉を掻き回されれば、ぐちゅ…っと嬉しそうに中が淫猥な音を響かせる。

いやらしい湿った音が室内に響く。男が本来受け入れる場所ではない部分を弄られて、悦びに打ち震えている音だ。

悔《くや》しいのは、辱《はずかし》めを受けても、ユーリの身体は快感に打ち震えることだ。

もっと深く指を呑み込むようにと、ジークの手のひらが膝裏に差し込まれ、さらに大きく脚を左右に開かされた。

「あ…」

羞恥のあまり、ぼんやりと視界が霞む。

頭が、痺れそうになる。指が激しく出し入れされた。

「あっ……！　あああぁぁ…っ！」

とうとう、指を後孔に咥え込まされた刺激だけで、ユーリは絶頂を迎えた。

「は、あ……」

ぐったりと肢体から力が抜けていく。快感の坩堝《るつぼ》に落とし込まれた身体は甘だるく、指先すら動かせそうにない。巧みな男の手淫に、性にそれほど執着があるはずではない自分が、何度も射精させられた。

ジークは、ユーリが下腹を汚したのを見届けてから、ずるりと指を引き抜く。

引き抜かれる感覚にすら、ユーリは感じていた。

これほど…巧みだとは思わなかった。

身体が溶けていくような感覚に身を委《ゆだ》ねながら、ぼんやりと窓を見つめる。

部屋の窓を見つめるユーリの視線に、別の意図を感じ取ったのか、ジークが尋ねる。

「外に出たいのか？」

否定するつもりはなかった。

こくりとユーリは首だけを縦に振る。

全身をすさまじい倦怠感《けんたいかん》が襲い、身動《みじろ》ぎすらままならない。

奴隷のように、王を悦ばせるだけのためにその存在を貶められるのだ。

「あの部屋からだ…して…くださ…」

淫らに掠れ、抱かれた余韻を残す声音で、ユーリは懇願する。

閉じ込められ、毎日のように抱かれる。

視界は涙に霞み、格子の嵌った窓が脳裏に浮かんだ。

「お願い…です」

頭上で自分を覗き込む男に、切なげに眉を寄せながら訴える。

ジークは傲慢に鼻を鳴らすと、ユーリの上から身体を離した。

そのままベッドから降り立つ。

（…？）

まさか素直に願いが聞き届けられるとは思わなくて、ユーリは困惑してしまう。

長いローブを身につけたままの広い背が、ベッドサイドのローテーブルの引き出しを開けるのを、ユーリはぼんやりと見つめる。

ジークは引き出しの中から、綺麗な彫刻が施された小箱を取り出した。

小箱を片手に抱えると、再び、ベッドに身を投げ出したままのユーリの横に腰を下ろす。

そして、もったいをつけるように小箱の蓋を開けると、中から細かい金の細工の細い鎖を取り出してみせた。

「なに……?」

鎖は、胸元を飾るには短すぎる。

「そんなに出たいと言うのなら、これを嵌めれば、出してやってもいいぜ」

ジークが、ユーリの細い足首を摑み取る。

「…ここに」

「…あ」

ジークの意図を理解したユーリの唇から、力ない吐息が洩れた。

足首に鎖を巻くのは…奴隷の印だ。しかも…男の淫心を煽る…一番下の位の…。

自分の身を飾り立てるために、脚に巻く文化を持つ国もあると聞くが、ユーリ達の国での常識は違う。

色奴隷は…一番低く位置づけられ、平民ですらその存在を嘲笑う。しかも、身分が上の者に求められれば、拒絶することなどできないのだ。

「人質のくせに、俺に逆らう…罰だ」

中世の世から、一度色奴隷としてみなされた者は、色を売れなくなってからも、死ぬまで過酷な労働に従事したという。

「やめて…下さい。お願い…」

ユーリの胸が凍りつく。苦しい息を喘がせながらも、ユーリは必死で懇願する。けれど、ジークは足首を掴み取り、細い鎖を巻きつけていく。

起き上がり、逞しい身体を押し返そうともがけば、その拍子にジークの頬にユーリの爪先が掠る。頬に赤い線が引かれる。

ジークの表情に、身が竦むほどの強い怒りが走った。

「お前は、俺の奴隷なんだよ」

「いや…！」

突き飛ばすほどの激しさで、ジークがユーリの抵抗を捻じ伏せる。ユーリの身体は再び寝台に埋まった。

「うっ…！」

衝撃で苦しげに呻くのに、ジークは残酷なまでにその姿を冷徹な顔で見下ろしている。

抵抗が弱まった一瞬を、ジークは見逃さなかった。

「出してほしいと言ったのはお前だろう」

ユーリの言葉尻を捕らえた台詞が、胸に突き刺さる。

思うままに動かない身体を懸命に突っ張らせながら、必死でもがくのに、とうとう金の鎖はユーリの足首に嵌められた。鍵の掛けられるカチリという音が、胸を抉る。

華奢な…白い足首に、金の飾りは残酷なまでに映える。

「やはり、よく似合う」

小刻みに身体を震わせるユーリとは対照的に、ジークは満足げな吐息を洩らした。

「取ってほしければ、お前が俺から逃げないと、誓えばいい」

到底できない取引を、ジークは冷たく突きつける。

ユーリが泣きそうに顔を歪めれば、脚の先で、しゃらりと金の鎖が高い音を立てた。


風がユーリの頬を柔らかく撫でる。

金色の月明かりの下、透けるような乳白色の肌が照らし出され、滑らかな光を放つ。中庭にしつらえられた噴水の壁面に、ユーリは腰を下ろしていた。奴隷としての証を身につければ外に出してやると言われた通り、ユーリは初めて格子の嵌った部屋から出る事を許された。

…戻ると約束した時間はもう過ぎている。けれど、どうしても立ち上がることができない。

月の光をやや長めの栗色の髪が吸い込み、まるで甘い蜂蜜《はちみつ》のような色合いを見せる。密《ひそ》やかに風が過ぎれば、しゃらりと音を立てて髪がなびく。水面に弾けた雫が煌き、輝きを伴って、ユーリの周囲を彩る。ほの白い明かりに照らされて、花闇の中に浮かび上がるユーリの姿は、幻想的なまでに美しい。身じろぎもせず、ただじっと水面《みなも》に浮かぶ睡蓮《すいれん》を見つめる様は、まるで芸術を極めた彫刻のようだった。

薄着のまま外気に触れたせいで、肌寒さを覚え、ユーリは身じろぐ。

ジークがいつでも抱きやすいようにと、ユーリは薄いシルクの室内着のままだ。それでも、長いローブを肩から羽織れば、足首までをすっぽりと覆い隠すことができる。

脚の先で、鎖の揺れる音が響いた。嫌でも自分の扱いを思い出させる。細いくせに鎖は力を入れて引き千切ろうとしても、外れることはなかった。

瑠璃《るり》色の眸が、くしゃりと歪む。久しぶりに室内から出る事を許されたとはいえ、中庭の四方は壁に取り囲まれている。

また…戻ってしまった。囚われの身に。

いつか、そんな立場から救ってくれると約束した人に、囚われている。

（ジーク…）

幼かった日々は、父に忌み嫌われ王宮から遠ざけられ、離宮に閉じ込められてはいたものの、決して不幸ではなかった。

もしかしたら今よりもずっと、幸せだったかもしれない。けれど、それを壊したのは…自分…かもしれない。

酷いことを言って、ジークを傷つけた……。

自分に、ジークを傷つけられるとは、思わなかったから。

もう願っても戻らない日々を、ユーリは思い出していた。


もうずっと、昔のことのような気がする。

生れ落ちてからずっと、災厄をもたらすと忌み嫌われたユーリを取り巻くのは、孤独《こどく》だった。父にも疎んじられた日々がつらくない筈はない。

ユーリの部屋は城の二階の角にある。

「……」

溜《た》め息をつきながら、窓から外を眺める。

間もなく夕闇が訪れる。黄昏に山肌がくっきりと照らされて、ヨーロッパ特有の針葉樹が、紅く燃え立つような色に染まっていた。

雄大で幽寂《ゆうじゃく》な景色を作り出すのは、人里離れた場所のせいだけではない。

車も人の訪れもほとんどない。人の手があまり入らない場所のせいで、夜ともなれば獣や梟《ふくろう》の鳴き声が闇に混じる。

くっきりと都会の喧騒《けんそう》から切り離されたような山奥に、王家所有の居城がある。

王家所有といえども、ユーリの住むこの場所は、限りなく質素だ。

護衛も最小限の人数しか与えられてはいない。

ユーリの上に、兄がいる以上、ユーリの存在は代替品的な意味合いしか持たない。

長男と次男では、徹底的な区別がなされていた。

ユーリは国のために役立つように、王のために尽くすという教育を受けさせられた。

選ばれ与えられた友達も、まるで腫《は》れ物のようにユーリを扱う。

その中で、ジークという存在は、鮮やかに自分の目の前に飛び込んできた。

バルコニーのカーテンが風に揺れる。身軽な動作で手すりに足を掛け、ひらりとテラスへ身を躍らせるのが見えた。

窓が開き、室内へとジークが姿を現す。

「ユーリ」

今日も…また。

「見つかれば、ただではすまないと言っているだろう？」

邪険な仕草で追い払うように言えば、ジークはわずかに頰を膨らませてみせる。

若さゆえか、ジークの表情は豊かでよく変わる。感情を素直に表す性質は、諦めと、押し殺すことに慣れた自分には、新鮮に映った。

自分にはない自由を謳歌《おうか》する存在は、表情には表さないものの、憧れすら覚える。

犬を追い払うかのように来るなと何度告げても、ジークはこたえなかった。

今も頰を膨らませたのは一瞬だけで、ユーリを見つめる顔はすぐに笑顔へと変わる。

「これ…綺麗に咲いてたから、あなたにあげようと思って」

照れくさそうな表情とともに、一輪の薔薇がユーリの胸元に差し出される。

ローゼンブルグの国花である深い紅色の薔薇だ。

断崖《だんがい》や谷底にしか咲くことはなく、手に入りにくいその性質から高慢《こうまん》の代名詞にも使われる。まるで、王族を形容するかのように。

よく見れば、ジークの身体は泥だらけだった。薔薇を手折《たお》るために谷底に下りたか、断崖によじ登ったかしたのかもしれない。

危険を…冒して。

自分の…ために。どうして…そんな。

「…馬鹿」

危険を冒してほしくないと思えば、切なく胸が疼いた。

「そんな汚い格好で私の部屋に入るな。せめて手を洗って来い。お茶くらい淹《い》れてやる」

「なんだよ。そんな言い方をしなくてもいいじゃないか」

言葉の表面だけを取り、ジークが唇を尖らせる。

彼は知らない。この国で薔薇を贈るということが、どんな意味を持つか。

ジークは腕を突っ張らせると、ユーリに薔薇を押し付けた。

そしてそのまま、ずかずかと部屋の奥に置かれた水差しに向かった。

意味を知らない人間に薔薇を手渡されても、何の意味も持たないのに、ジークの背を見つめながら、ユーリの胸がトクン…と鳴った。

室内のキャビネットの上には大輪の百合が活けられている。ユーリはその横に、手渡された薔薇を無造作に挿《さ》した。

円卓には従者が置いていった茶器が、銀の盆の上に載っている。

長椅子に腰掛けると、ジークが戻るのを待った。

「あなたが寂しくないようにと思って、俺はわざわざ来てやってるのにさ」

機嫌を損ねた様子で、ジークはドサリとユーリの対面に腰掛ける。

生意気そうで、闊達な瞳は、出会った頃から変わってはいない。

ユーリ手ずから、陶器の茶器から茶を注いだ。温かな湯気と、開き切った葉の香りが室内に満ちる。

「別に。私が頼んだわけじゃない。勝手に忍び込んで来るのはお前のほうだろう。そのうち賊《ぞく》と間違われて、撃ち殺されるぞ」

低く脅せば、若さゆえに怖いもの知らずの瞳とかち合う。

「いいさ。囚われの姫君に会うには、命を掛ける危険が伴うのは、昔も今も同じだ」

「誰がお前にそんな物語を聞かせた？　私は姫君じゃないと何度言ったら分かる？」

ムッとしながら睨みつけるが、ちっともこたえないとばかりに、ジークは美味そうに琥《こ》珀《はく》色の液体を飲み干す。

「あなたは…何でここに囚われている？」

ふいに、妙に真剣な口調でジークが聞いた。整った形の双眸は、見たこともないような真摯《しんし》な色を湛《たた》えていた。

真っ直ぐな瞳が自分を見つめる。たまにそんな表情をすれば、驚くほどに大人びた顔つきになる。圧倒されそうになって、年下のくせに自分にそんな気持ちを味わわせるのが悔しくて、ユーリはわざと答えた。

「…病気なんだ」

告げた途端、ジークがはっと息を呑む。

「私は長くないかもしれない」

一目で演技と分かるほどの白々しい態度だというのに、悲しそうな表情を形作れば、ジークは驚くほどの反応を見せた。

「ごめ…」

ジークの顔がみるみる青ざめ、目元が赤くなった。不釣合いなほどに素直に、ジークは顔を歪ませた。

「お前…」

ずっと生意気な態度を見せられていたから、まさかこんなことでジークを泣かせることができるとは思わなくて、ユーリは絶句してしまう。

声を詰まらせたユーリの腕を、ジークがすくい取る。

「でも、俺がずっと…そばにいるから。だから。あなたを絶対寂しい目には遭《あ》わせないから」

ユーリの手を、ジークが両手で包み込む。

まるで誓いのようにジークが告げる。怖いくらい真剣な目をしていた。

「冗談を、ほ、本気にするな」

みっともないくらい、ユーリはうろたえてしまう。

やっと気づいたのか、泣くなんてみっともない真似をした自分を恥じたのか、ジークはかぁ…っと頬に朱を散らした。

手を離すと、ジークがローテーブルを乗り越えてくる。ジークの腕が伸びるのに、ユーリは身構えながらぎゅ、と目を閉じた。殴られても仕方のない事をした。そう思うのに。

「冗談でもそんなことは…言うなよ」

ジークはユーリを抱き締めた。苦しいほどに。

「…うん。ごめん…」

いつもはジークには憎まれ口しか叩かないけれど、今だけは…ユーリはジークの腕の中で、素直に謝った。

それからも、ジークは懲りずに、ユーリの元を何度も訪れた。

ユーリが邪険な態度を崩すことはなかったけれど、それは、ジークの身を案じたから。

本当は、訪れを楽しみにしていた。けれど、王家直属の警備の人間が、ジークの存在に気づかない筈はない。

ある夜、ユーリの部屋をアルフが訪れた。従者や周囲の人間に聞かせたくない小言を進言する時、アルフは決まって、人目を憚《はばか》る時間を選ぶ。

十七のユーリにとって、三つ年上なだけでも彼は大人びた存在に映る。

アルフが忠告を与えようとしているのを察し、ユーリは身構えた。多分、自分が秘密にしたいと思っていることに対して…だろう。

「…彼のことです」

やはり。

「どなたのことか、お分かりですね？」

「…はい」

幼い頃から面倒をみてくれている彼には、ユーリは頭が上がらない。

今までアルフが気づかなかったことのほうが、おかしいのだ。

「実は…彼があなた様の部屋を訪れるのを、今までは黙認しておりました」

「どうして？」

確かに、ジークが何度もユーリの部屋を訪ねることができるのは、警備になんらかの手心が加えられていなければ不可能だ。

「最初は、何の目的であなた様に近づくのか、探るようにお願いしようと思っていたのですが…どうやら、ジーク様は純粋にあなた様を慕っているようなので、あえて口を出すこともないと思っておりました」

アルフの口ぶりに、ユーリの胸が不安にざわめく。

まるで、ジークを目上の者として扱う様な。

「彼は…何者なんだ？」

「隣国の、王子です。王位継承権第一位の」

ユーリの胸に衝撃が走った。

「国境の城に避暑《ひしょ》に訪れて、あなた様の存在を聞きかじったようです。ですので、最初は何らかの意図を持ってあなた様に近づくのかと、案じたのですが…」

アルフの心配は当然だろう。

「まさか…彼が、そんな」

呆然とした表情で、ユーリは呟いた。

心が通じ合えば、身分など関係ないと信じるほどに子供でもなく、分別も持ち合わせていた。

「立場上、放っておくこともできません。国王にはご報告させていただきました」

それは、アルフの役目だ。

「国王様からのご指示は…ジーク様のご不興を被らないようにと。幸いジーク様はあなた様を慕われているご様子なので…。お気に入りの一人になっておけば、将来的に国にとっても悪いことではないと」

いずれ大国を統《す》べることになる王子を、まだ年端もゆかぬうちから、操れるように…。

久々に国王から言葉が掛けられたと思えば、それは国にとって利益をもたらすための…指示だ。

「…分かりました」

静かに、ユーリは答えた。感情を押し殺すことなど、慣れている。

ユーリの心の中で、ジークに対して、線が引かれた。

アルフはユーリの返答を確かめると、軽く片膝を折り、室内を後にする。

その夜も、ジークはユーリの元を訪ねてきた。

「遅くなってごめん」

「いや…」

ユーリが読みたいと洩らした本を携《たずさ》えていた。手に入りにくいものであっても、王子という立場ならば、それを手に入れるのは容易《たやす》いことなのだろう。

深夜になって降り出した雨のせいで、ジークの身体はしとどに濡れている。けれど、よほど大切に抱えてきたのか、本は毛筋ほども濡れてはいなかった。

雨足は酷くなり、雷すら山間にこだまする。

「今日くらい…泊めてくれよ。雷に打たれて、死ぬかもしれない。どうせ俺がここに来てることなんてバレてるんだろ?」

ジークは言った。

「…仕方ないな」

「え?　本当にいいのか?」

ジークが信じられないと言いたげに、目を丸くする。ユーリはいつも、ジークが訪れるたびに邪険な仕草で追い払うようにしていたから。

「ああ」

本当だと頷いてやれば、すぐにジークは心から嬉しそうに目を輝かせる。

「無理やり追い出して、城の壁から落ちたなんてことになったら、寝覚めが悪いからな」

言いながら、ユーリはジークを浴室へと追い込む。

ユーリの指示でアルフが静かに姿を現すと、ジークのための夜着を用意した。

何も知らずにジークは浴室を出ると、真新しい寝巻きを疑いもせず身につけ、寝台の上で待つユーリのすぐ隣に身体を滑り込ませてくる。

「長椅子の上で寝ろって言わないのか？」

「…そこまで悪人じゃない。…でも、寝相が悪ければ蹴《け》り落とすからな」

「…そうされないように、こうして眠るから…」

言いながらジークが、ユーリの身体を抱き締めようとする。だが、すぐにユーリに睨みつけられ、犬のように身を竦ませた。

本当に寝台から追い出されては敵わないと思ったのか、それ以上、ごり押しすることはなかった。

「まさかベッドに入れてくれるとは思わなかったよ」

嬉しそうに、ジークは表情を綻ばせる。

ズキリ、とユーリの胸が痛んだ。

純粋な瞳。自分を信じ切っているのが分かるほどに、ユーリの良心が痛む。

自分の態度が甘く…変わったのは、ジークの身分を知ったからだ。

なのに、自分を…信じて…。

不興を被るわけにはいかないから…。本心を知った時、ジークの自分を見る目はどう変わるだろうか。

それが…怖くて、隣に温かい体温を感じながら、ユーリはシーツの中で身を丸めた。


翌朝、あれほど言ったのに、ユーリはジークの腕の中で目覚めた。

（まったく…こいつは…）

呆れたように溜め息をつく。

起こさないようにそっと腕を外すと、先に寝台を抜け出した。

着替えると、朝露に濡れる庭園へと向かう。

めったに城の外へは出してはもらえなかったものの、堀の内側までなら自由を拘束されることなく行き来できた。

ユーリが寂しくないようにというアルフの心遣いに基づく指示か、庭園には果樹が植えられ、様々な花々が満ちて、明るい雰囲気が心を和《なご》ませる。

花園の中を歩けば、従者や侍従達は、ユーリを花園の中で最も華やかに咲く薔薇だと、誇《ほこ》らしげに自分たちの主人を喩えた。そう呼ばれていることなど、ユーリは知りはしない。

昨晩の嵐で、枝を接いだばかりの薔薇が倒れたかと心配していたが、どの枝も元気に蕾を膨らませており、ほっと息をつく。

花盛りの庭園で、背後に人の気配を感じ、ユーリははっと振り返る。

「ジーク？」

ジークが入り口に佇《たたず》んでいた。

呆然としたように、自分を見つめている。

声も掛けずに何をしているのかと、ユーリは呼びかける。

小首を傾げれば、ジークはやっと口を開いた。

「花の精かと…思った」

「なっ…」

歯の浮くような台詞を言ってのけた男に、ユーリは思わず絶句する。

花の芳香に、酔わされていたのかもしれない。

「ば…かなことを」

気障な台詞を臆面《おくめん》もなく吐く年下の男に、思わず動揺させられてしまった自分が悔しくて、ユーリはわざと呆れた表情を作ってみせた。

「…また、明日来るから。ここで、待っていて」

薔薇の花に囲まれたユーリを、ジークは眩《まぶ》しいものを見るかのように見つめる。

（まったく…こいつは）

ふと、ユーリの中に、自分を驚かせたジークを、逆に動揺させてやろうという悪戯心が込み上げる。

自由に城を抜け出し、自分の元ではなくてもあらゆる場所に己の意思で行くことができるジークが、羨ましかったのかもしれない。

ジークの傍にいると、物分りがいいという自分の仮面が、突き崩されてしまう。

従者たちが話していた噂話を、聞いてしまったせいかもしれない。

ユーリが王子だから、王妃として身体を盾に国を守ってもらう役割を免れているのだと。

王女ならば国のために役にも立つのに、王子だから役に立たないのだと。

本当は、従者たちはユーリの美貌を残念がり、王女ならば閉じ込められることもなく、さっさと大国に嫁《とつ》いで自由の身になれたのにと、同情と、本国の王への憤《いきどお》りすら抱いていたのだが、ユーリはその本心を知る由もない。

せめて、単なる人質としての役割ならば、自分も役に立つかもしれないと思ったけれど。

幼い頃からずっと、王族としての自分の義務を教えられ、叩き込まれてきたから。

でも、本当は、人質なんて嫌だった。

自分が送り込まれるのに有力なのは、ブリスデンだとも聞いた。ブリスデンの国王であるハインツとは面識がある。年上の彼は優しくて、穏《おだ》やかな紳士だった。たまに王宮を訪問した時は、足を伸ばしてユーリに会いに来てくれた。

世界中の写真集を集めてくれて、外の世界をユーリに運んで来てくれた。

幼い頃は、めったに会えない実の兄よりも、本当の兄のように思ってもいたものだ。

彼ならば、ユーリが人質として送り込まれても、酷い扱いはしないかもしれない。

「明日は、もうここにはいない。ここから、私はいなくなる」

わざとそう言えば、ジークの目が驚きに見開かれる。

「ブリスデン、ハインツ国王の元に、人質として送り込まれることになった」

それは嘘だ。

「私は…国益のために、飼われている立場だ。国の決定には従わなければならない。私は…そうするべく、生まれてきたのだから」

「俺が…そんなことはさせない」

ジークが拳を握り締める。

怒りを湛《たた》えた表情を見せられ、ユーリはうろたえた。

「お前に何ができる?」

それでも、馬鹿にしたように言えば、真剣な目をしたジークが自分を見つめてきた。

「俺が、あなたを人質にする！」

真摯な態度に、胸が射抜かれたようになる。

「俺があなたを先に人質にすれば、ブリスデンも手出しすることはできないだろ？」

本気の目をしていた。

「い、今すぐにじゃない。まだ、先の…話だ。しかも、そうなる可能性があるかもしれないというくらいの…ただの噂だ」

だから、ユーリは慌てて否定した。

「な、…んだ。今すぐにじゃ、ないんだな…」

ジークが呟く。

ほっと息をつきながらも、ジークはユーリのあまりに意地の悪い嘘に、唇を尖らせた。

それからしばらくの間、ジークは何度も、ユーリが姿を消しはしないかと確かめに来た。

「こんなに頻繁《ひんぱん》に来て、大丈夫なのか？」

「俺は、あなたが姿を消していないかということのほうが、心配なんだよ」

「…まったく」

ささやかな意地悪のつもりでついた嘘を、ユーリは少しだけ後悔した。でも。

あまりに素直な反応を見せるから、困った顔をさせてみたくて、それからも、自分はいろいろジークを苛めるような真似をしたような気がする。

いつもは、自分の立場を諦めていたのに、ジークを見ればどうしても…王族の一員としての自分の立場を比較し、恨めしく思う気持ちが蘇《よみがえ》ってしまう。

その頃、ジークはまだ、ローゼンブルグの花祭りを知らなかった。

ユーリはその年、名も知らない誰かから、薔薇を贈られた。

国を捨てるほどの覚悟はないのだろう、匿名《とくめい》で薔薇を送り付けた人間に、好意は抱けなかった。

それに、ユーリに贈られる薔薇はいつも、決まって真っ白の薔薇だ。

周囲は勝手にユーリのイメージを作り上げて、白い薔薇を贈る。おとなしくて、聞き分けのいい、王族に相応しい人形を演じている自分の本質を見ることもなく。

だからユーリは、贈られてきた薔薇を、冷ややかな思いで捨てた。

本当の自分を、誰も見てはくれない。自我を押し殺した奥にある自分は、本当は誰よりも生意気で、決しておとなしくなんかない。

花祭りの晩にやってきたジークは、白薔薇を捨てるユーリを見て、驚いた顔をしていた。

いつかついた嘘に対する贖罪《しょくざい》のつもりで、ユーリは花盛りの庭園で、夜、ジークの訪れを待った。「ここで、待っていて」ジークがそう言ったから。

「どうして、まだ枯れてもいない薔薇を捨てるんだ？」

まだ綺麗に咲いている花を捨てる、冷たい人間だと、その目には映ったのかもしれない。

「この花は、私のイメージなんだそうだ。私はおとなしくて守ってあげたくなるような……純粋な人間なんだそうだ。馬鹿らしい」

ユーリは鼻を鳴らしてみせた。

ジークの前でだけは、王族にふさわしい人形としての自分を、演じきることができない。性格の悪い自分も、見せてしまう。

「贈られた薔薇をあっさりと投げ捨てる私を、性格が悪いと思うか？」

ユーリは挑発するような視線をジークに向ける。

「それはあなたの本質を見抜けない奴が悪い」

嫌われるかとも思ったのに、ジークの反応は違っていた。

「あなたは華やかで、本当は白よりも、鮮やかな紅の薔薇が似合うよ」

ユーリの胸がドキリと鳴る。

例えば、ローゼンブルグが国花として敬愛するような、高慢で手に入りにくい薔薇だと、ジークは言った。

照れくさげな表情を浮かべながら、ジークはニヤリと笑ってみせた。

出会ってからずっと、ジークの言葉は真っ直ぐで、ユーリが一番欲しい言葉を…くれる。

「ブリスデンに行くとか俺が驚くことをわざと言ったり、せっかく会いに来てもいっつも邪険に追い払おうとしてさ。おとなしくなんかないし、聞き分けがいいわけでもないよな」

どうやらジークは、ユーリが病気だとか、ブリスデンに行くとか言った嘘を、根に持っているらしい。

「それでもかまわない」

意地悪な態度を、見せ付けられても。

「あなたが本当の自分を見せてくれるのは、俺にだけだから」

誇らしげに、ジークは言った。…嬉しそうだった。

ジークは、本当の自分を見ようとしてくれている。

初めてだった。そんな態度を向けられたのは。

王族の人間として、周囲は自分に対して気を遣う。当たり障りのない、よそよそしい態度しか、向けられたことはなかったから。

ユーリの胸が熱くなる。

切なく…胸がときめいた。

ユーリにとって一番の枷となる、王族としてという言葉を使うことなく、ユーリ自身を、本当の自分を、ジークは見つめてくれている。

「強がりの下で本当は、誰よりも寂しがりやで。俺を追い払ったり、薔薇を捨てたり、綺麗過ぎるから、一見冷たくも見えるけれど、その実、誰よりも、温かくて」

そう、ジークは続けた。

「…言うな」

ユーリはジークの言葉を遮った。それ以上、恥ずかしくて聞いていられない。

頬が熱い。

「ブリスデンに行くと言ったのは、悪かった。私は…自由に動き回れるお前が、羨ましかった…」

誰にも告げることがなかった本音を、ユーリは思わず洩らしてしまう。

「自由に、なりたかった」

そう言えば、ジークは言った。

「俺が、あなたを自由にしてあげるよ」

力強い言葉だった。

本当に、ジークが自分を自由にしてくれそうで、一瞬でも本気で、自由に動き回れる自分を想像してしまう。

もしそんな日々が訪れたなら。

夢のような日々を思い描けば、心が弾む。

夢だとわかっていても、心が浮き立つ思いがした。

「いつか、あなたをここから助け出すのは、ブリスデンじゃなくて俺の役目だ」

どうやら、ジークは本気でブリスデンをライバル視しているらしい。

確かに、国力も国土も、ブリスデンとジークの国とは似通っている。

「だから二度と、ブリスデンに行くとか、冗談でも言わないでくれ」

その場の雰囲気と、真剣な眼差しに、流されてしまったのかもしれない。

「…ああ」

ユーリは素直に頷いた。

生まれて…初めてだったから。王族という立場を関係なく、ユーリ自身を見てくれて、助け出してくれると言ってくれたから。

叶《かな》わぬ夢を、見てみたかったのかもしれない。一瞬だけでも。

「あなたに困ったことがあれば、俺は絶対に、あなたを…救い出す」

うっとうしくなるほどの、薔薇の芳香がユーリを包み込む。

甘い…香りが胸に流れ込んだ。

分を見つめる。

「あなたに…誓うから」

庭園で、初めて自分を見つめたときのような、眩しげなものを見るような目つきで、自

胸が震えた。

ジークのそんな言葉は、子供の…世迷い言だとわかっている。まだ彼は、国の立場も、

お互いの身分の持つ意味も、理解してはいない。

自由になることも、ジークが自分をここから助け出してくれることも、叶わぬ夢だ。

守られる筈もない誓いを、ジークは口にする。

「俺が迎えに来るまで、…誰のものにもならないでくれ」

「…ん…」

不可能だとわかっているからこそ、ユーリは頷いた。

叶わぬ夢でも。今だけでも…自分が囚われの身であることを、忘れさせて。

夢が叶うと、信じさせて。

嬉しそうにジークが笑う。

ユーリは、現実を思って、泣きそうに…なった。

ジークの笑顔を見れば、誓いを…信じてはいない自分を告げないことに、罪悪感が込み

上げた。

約束よりも、誓いというういっそう重い言葉を、ジークはユーリに捧《ささ》げる。

ジークの顔が近づく。ユーリは…素直に目を閉じた。

月明かりに照らされた庭園で、薔薇の花びらに光が跳ねる。薄明かりにユーリの白い頬が柔らかく浮かび上がる様は、吸い寄せられるように…綺麗だった。

ジークの誓いの口づけを、ユーリは受け入れた。

誰よりも大切にされているという気持ちが、唇を伝って流れ込んでくる。

触れるだけですぐに離れるような…なによりも優しくて、心が満ち足りるような…甘い、甘いキスだった。

それからも、ジークは足繁《あししげ》くユーリの元を訪れた。

胸が、ときめく。訪れを楽しみにしているなど、初めてだった。そうとは見せなかったけれど。

ジークは会う度に背が高くなって、そのうちに、ユーリと変わらなくなった。それを知った時はさすがに悔しくて、頬を膨らませた自分に、逆にジークは嬉しそうだった。

「俺、絶対いい男になると思うけどな」

「生意気なことを」

ムッとした態度を崩さずユーリが言うのに、堪《こた》えないとばかりにジークは笑っていた。

そんなある日、ユーリは熱を出した。

窓際で星を眺めながら、そのままうたた寝をしてしまったらしい。薄着のまま一晩中冷たい夜の風に当れば、どうなるかは予想がつく。すぐに主治医が呼ばれ、薬を飲まされ、再び目を覚ませば、心から心配した様子のアルフの顔が、頭上にあった。

「まったく、あなた様は。あまり丈夫な性質《たち》ではないんですから、気をつけられませんと」

「…ごめんなさい」

同情など得られない状況に、アルフもユーリの迂闊《うかつ》さを、叱ってみせた。

起き上がろうとして、足元が妙に重いことに気づき、ユーリは視線を下ろす。

シーツを離すまいとするようにしっかりと掴みながら、子犬のように丸まって、見知った少年が眠っていた。

「どうして、ここに？」

ユーリは目を丸くする。

「ユーリ様が熱を出したと言ったら心配されて。ずっとそばについているときかなくて」

結局、アルフと、ユーリの身の回りの世話をする従者のほうが根負けして、そばにいることを許したのだという。

「…馬鹿」

ユーリは上体を起こすと、心配そうに眉をひそめながら眠るジークの髪に、指の先を差し込み、柔らかく撫でるように梳《す》く。

胸が、熱くなる。

甘くて、…切ない痛みが胸を刺す。

気配に気づいたのか、ジークが目を覚ました。

「熱は下がったのか？」

ぱっと起き上がったジークは、すぐにベッドの上へと身を乗り上げてきた。

ユーリの頰に手のひらを当てると、具合を窺うように額を寄せる。

アルフの前で、まるでキス…されるのではないかと思うほど顔を近づけられて、ユーリは慌てた。

「ユーリ様はまだ回復されていませんから。ご無理はさせませんように」

アルフがジークの振る舞いを制した。

ジークの肩を掴み、無礼になる寸前の強引さで、ユーリから引き剝がす。

ユーリの体調を諭されては、ジークも引き下がらざるをえない。

不承不承といった様子で、ジークは寝台から降りると、アルフに不満そうな顔を向けた。

二人の間に、見えない火花が散ったような気がした。

それからしばらくの間、ユーリの熱は下がらなかった。

「まだ…下がらないのか?」

なかなか下がらない熱に、ジークは自分こそが苦しそうに顔をしかめてみせた。

「大丈夫。いつもどおり、寝ていれば治るから…」

ユーリの元を見舞いに訪れながら、ジークが思いついたように言った。

「今、俺の国に、名医が訪れていると聞いた」

学会のため、たまたま一昨日から三日間の予定で、ジークの国に滞在するという。

ジークの主治医が師と仰ぐ人物で、初老の穏やかな人物らしい。

主治医から、ジークは話を聞いたという。

「彼なら、すぐに治せるかも…しれない」

ジークが呟く。

「明日には彼は国を出てしまう。今から行って、…頼んでみるよ」

「……え……？」

若さゆえの直情さで、無鉄砲なことを言い出すジークに、ユーリは慌てた。

ジークの口調では、本当に飛び出して行きかねない。

純粋に、自分を治したいという気持ちが、痛いほど伝わる。

「また、来るから」

ユーリの頬に軽く唇を触れさせると、ジークはすぐに背を向けた。

ひらりとバルコニーから身を翻《ひるがえ》すと、姿を消してしまう。

「待って……！　ジーク！」

ユーリは跳ね起きると、ベッドから下りて引き止めようと声を掛けるが、病身の自分がジークに追いつけるわけもなく。

それから程なくして、本当に、ジークは名医と呼ばれる医師を、自分の元に連れてきた。

優しそうな医師と対面し、ユーリは戸惑う。

「明日出国するつもりで荷造りをしていたら、いきなり彼が呼びに来たものでね。驚きましたよ」

初老の医師は、穏やかという評判どおり、ぶしつけな願いに怒った様子もなく笑ってみせる。

「必死の様子で頼むものですからね。つい承諾《しょうだく》してしまいましたよ」

「申しわけありません。お忙しいところ、ご迷惑をお掛けして…」

ベッドの上で身を起こしたまま、ユーリは頭を下げた。

医師の背後に立つジークの様子をちらりと窺いながら、咎《とが》める視線を向ける。

しれっとした態度で、ユーリの視線をかわしてみせた。でも。

（…？）

酷く、ジークの顔色が悪い。

おかしい。嫌な予感がした。

医師の診察を受けながらも、ジークから、目を逸らすことができない。

不安が大きくなっていく。ユーリはジークのこめかみに、脂汗が浮くのに、気づいた。

「すみませんが」

「どうしました？」

医師が診察を中断されて、不思議そうな顔をする。

「彼を、先に診てやってくれませんか？」

「え？」

医師がジークを振り返った時だった。ジークの身体が前のめりに傾《かし》ぐ。

「ジーク!!」

ユーリは叫んだ。

ジークと共に控えていたアルフよりも早く、ユーリは彼の元に駆け寄った。

崩れ落ちるジークの身を支えながら、手に生暖かい感触が触れるのに気づく。

正体を確かめようと右の手のひらを覗き込めば、べっとりと赤いものがついていた。

「誰か、ジークを…!」

それきり、言葉にならなかった。

「ベッドに寝かせてください。まずは傷口と、出血の状態を確かめないと…!」

すぐに医師が指示を出す間も、ジークの背にはみるみるうちに血の染みが広がっていく。

「…大丈夫だ」

苦しそうに言う、ジークの息が上がっていた。

「ちょっとしくじった…だけだ。あなたが心配することは何もない…」

「馬鹿…!　しゃべるな」

どうして、気づかなかったのだろう。

ジークが立っていた床には、血の雫が、ぽつぽつと滴り落ちていた。

心配のあまりユーリが泣きそうな顔をすれば、ジークはその頰を包み込むように腕を伸ばして笑んでみせる。

ジークのほうが、ずっとずっと、苦痛を感じているだろうに。

「…泣きそうな顔、するなよ…」

最後まで、ユーリを気遣いながら、ジークは意識を手放した。

「ジーク…！」

ユーリの絶叫が、室内にこだまする。

それから三日の間、ジークは生死の境をさまよった。


アルフの迅速《じんそく》な働きで、ジークの国に連絡がなされ、ジークはすぐに病院へと搬送《はんそう》された。

本当は、ユーリもついていきたかった。けれど、立場上、それは許されるわけもなく。

ジークを心配しながら、アルフから容態を聞くだけの日々を、ユーリは送らざるをえなかった。

「傷は塞がったの？　いつ治るの？　後遺症はないの？」

状態を伝えるたび、食い下がるように訊ねるユーリに、アルフは困った顔をしてみせる。

「最初から、命に別状はないと申し上げたでしょう？　順調に回復されているそうです」

心配でたまらなくて、ジークが意識を取り戻したと聞くまでは、生きた心地もしなかった。

「あなた様こそ、お食事も召し上がらずに…それではあの方が回復されても、あなた様が倒れてしまいます」

「でも…っ」

憔悴《しょうすい》しきった様子で、泣きそうな顔をしてジークの容態ばかりを訊《たず》ねる自分の主人に、アルフは言った。

「そんなにご心配なら…今日、あの方の国の大使がお見えになります」

「大使が…？」

大使が自分の元を訪れるなど初めてのことで、ユーリは戸惑う。

「直接容態を訊ねられてはいかがですか？」

「…うん」

大使ならば、もっと詳しく、ジークの体調を教えてくれるかもしれない。

早く聞きたい。

はやる気持ちを抑えつけられないほどに、大使の訪れが待ち遠しかった。…けれど。

外交上の責任者として有能だろう大使は、冷ややかな態度でユーリに接した。

「あの、ジークの容態は…っ」

「順調に回復されています。ご心配ありません」

慇懃《いんぎん》過ぎるほどの丁寧な口調と態度が、ユーリの問いを拒絶する。

訊ねたいことはいろいろあったのに、それ以上口を開くつもりはないらしい大使に、ユーリも訊ねることはできない。

「ジーク様は、医師を呼ぶために彼が宿泊している街のホテルに一人で向かわれて、身分を知るものに狙われ、誘拐されそうになり…揉み合ううちに、刺されたそうです」

「っ…」

ユーリは息を呑んだ。

「犯人はこちらで逮捕しました。いつもは…あなた様の元を訪れる条件として、目立たぬよう、ジーク様には護衛をつけさせておりましたが、今回はなにぶん、街中ということと、行き先も告げずに飛び出していってしまわれたものですから、対応が遅れました。それは私どもも、反省しております。ですが、ジーク様が護衛に行き先も告げずに街中にいきなり出るような真似をなさった…そのことが、問題なのです」

大使は、ユーリをはたと見据えた。

「それは…あなた様のために医師を呼びに行ったせいだとか」

(…あ)

ユーリの胸が、抉られたようになる。

真面目そうで、自国の国益を何より大切にしそうな男は、ユーリが隣国の王子だということなどかまわないらしかった。

「今回のことは、外交問題に発展しないとも限らないので、内々にすませました」

咎める口調が向けられる。

「ですが、おわかりですね？　あなた様のせいで、我が国の皇太子が怪我を負ったと知れれば、国民感情も、私どもも黙ってはいられません。あなた様も恨まれかねない」

大使の言うことは、もっともだった。

ジークは怪我を負った。

(私の…せいで)

ジークが倒れ込んだ時、ユーリの血は凍った。

「医師を呼びに行く前に、ジーク様は暴漢《ぼうかん》に襲われたそうです。あの方は身を守る訓練も受けていらっしゃいます。窮地を切り抜けて医師を呼びに行ったものの、暴漢によって、脇腹を刺されていた」

無理をして医師を呼びに行ったからこそ、傷口が広がったのだという。刺されたその場で、医師の治療を受ければ、生死をさまようほどの重傷になる前に対処もできたのに。なのに、ジークは自分の治療よりも、医師を呼びに行くほうを選んだ。間もなく、医師が出国してしまうことが、わかっていたから。

ジークに無理をさせたのは…自分だ。

「どうか、二度とここへは来させないようにしていただけませんか？　私が言ってもききませんので」

「…もちろんです」

大使の申し出に、ユーリは頷いた。

ユーリの返答を確かめた後、大使は応接室を出て行く。

アルフも下がらせてたった一人になった後も、ユーリはしばらくの間、立ち上がれないでいた。

ジークと引き離されてから、毎夜のように脳裏に蘇るのは、自分の腕の中で意識を失う彼の姿だ。

血まみれの彼の姿を思い出せば、背筋が凍りつきそうなほどの動揺が走る。

自分のせいで、ジークが怪我をしたことがつらくて。

自分のために、ジークが命を落とすようなことがあったら…きっと、自分は。

…生きてはいられない。

ユーリの目が泣きそうに…歪んだ。

ジークは多分、自分のために…無茶をする。

初めて…ユーリはジークの想いの深さを知った。

子供の…冗談だとすまされないことも。

誓いの言葉の…重みも。

けれど、ジークがいなくなるよりも。

この世界から消えてしまうよりも。

たとえ…自分の世界から消えてしまっても。

生きていてほしい。

(どんなに…嫌われても)

素直に自分を慕い、見つめる瞳が…憎しみに変わるのを思えば、胸を突き刺されるような痛みを覚えた。

ジークが想うほどに、多分自分は…ジークを。

あの真っ直ぐな瞳に、ほだされてしまったのかもしれなかった。

(だから…)

ユーリは決意する。

静かに、ユーリは目を閉じた。

ユーリの元に別の知らせが届いたのは、それから一週間後のことだった。


「え…？　兄が失踪《しっそう》…？」

ユーリは驚愕《きょうがく》に目を見開く。

「はい。王宮では大騒ぎだそうです。直属の武官の姿もなく、書き置きだけが残されていたと…」

アルフは苦渋に満ちた表情を浮かべた。

「一緒にいなくなったの？」

「…そうです。どうやら計画的だったようで…」

アルフは言いにくそうに、駆け落ち…らしいと付け加えた。

ユーリは目を丸くする。

自分はあまり王宮に近づけてもらえなかったから、兄には数えるほどしか会ったことはなかったけれど、凛《りん》とした人で、いつもそばに陰のように付き従う武官に、尊大《そんだい》な口調で命令を下していた。

解けた靴の紐を、結ばせていたのを見たこともある。

顔色一つ変えずに、当然のことのように武官を跪かせる場面を見せられ、ユーリは少なからず驚いたものだ。

そんな人が…まさか。臣下である武官に…ついて、国を捨てるなど…。

「王子を攫《さら》われたのですからね。国王は怒り心頭だそうです」

すぐに追っ手を差し向けたものの、包囲網には一切掛からず、見事なまでに姿をくらませたのだという。

「お兄様をご心配なさっている場合ではありませんよ」

兄と武官の行く末を案じるユーリに、それ以上に大切なことを、アルフは告げた。

「王位継承権で、あなた様がお兄様に代わられて、春宮《とうぐう》の身分になられます。お父様である皇太子様に続いて、次代の…王に」

ユーリに衝撃が走った。

「そんな…」

「陛下からのご命令です。王宮に、入られるようにと」

今まで厄災をもたらすとして疎んじられ、国境近くの城に追いやられていたというのに、いきなり…戻れと言われても、心が追いつくことができない。

「この城から…出られますよ」

不安そうな表情を見せるユーリを、勇気付けるようにアルフが言った。

城から、出られる。

考えたこともなかった。けれど、思い出すのは…力強く誓ってくれた、ジークの言葉。

『俺が、あなたを自由にしてあげるよ』

そして、誓いとともに唇に落とされた……。

思い出せば、ユーリの頬が熱くなる。

「早速、準備を進めましょう」

アルフは心なしか嬉しそうだった。確かに、こんな片田舎にいるよりも、都市部にある王宮に戻ったほうが便利で、楽しいことも待っているだろう。

都市部に。それはつまり。

国境から、遠ざかる。ジークの、国から。

今までのように頻繁に会うことができなくなる、と思ってしまって…そんな自分をユーリは叱咤する。

もう、決めたのだから…自分は。

「わかりました。いつ戻ればいいのですか？」

「できるだけ早くと、陛下はおっしゃっています。荷物などは私どもがまとめますから、身一つならば…明日にでもと」

「では、明日、ここを発《た》ちます」

きっぱりと告げれば、ユーリの目に浮かぶ覚悟に、アルフは深々と頭を下げた。

自分は国を、背負うのだ。

それは、望んだことではなかったけれども。

知らせを聞くと同時に、自分の立場を自覚するかのようなユーリの態度に、アルフは臣下としての敬礼を向けた。

「明日の午前のうちに…ここを」

できるだけ、早く。

自分の本心を、押し殺して。王になるために、これからもきっと、…ずっと。

荷物をまとめるといっても、作業のほとんどは周囲が行うから、ユーリが自ら手を下すことはほとんどない。

それに、普段使いの物を幾つか運び出しただけで、荷造りはほぼ終了してしまった。

もとより必要な物はすべて、王宮に揃っている。

疎んじられていた扱いを表すように、ユーリを取り巻く室内の調度品や装飾は、王宮にしつらえられているものに比べれば、格段に質素だ。

みすぼらしい家具を、王宮に運び込む必要はない。

けれども、華美な物を好まないだけで、ずっと過ごした部屋に置かれた調度品の一つ一つに、思い出がないわけではない。

写真立ても、文机も。

思い出の残る品々に囲まれていては、せっかく決めた覚悟が鈍ってしまいそうになる。

ほとんどの物を置いていくというのに、それでも、気に入った物が消えた部屋は寒々しく目に映る。

(この窓から見る月も…最後)

バルコニーに繋がる扉に手を掛ける。鍵を開け、外に足を踏み出した時、いつもどおりの軽やかな身のこなしで、ひらりとジークが現れた。

「なっ……！」

ユーリは絶句する。

「ずっとあなたに会いたくてたまらなくて。…会いに来た」

ほんの一週間、会わなかっただけだというのに、久しぶりに見たジークは表情に逞しさを滲ませていた。

大人っぽい落ち着きさえ漂わせながら、ジークが笑う。

（…あ…）

目の前に、ジークがいる。

生きて、笑って、いる。

（ジーク…）

本当に。

「本当に…？」

ジーク？

「そんな化け物を見るような目で見るなよ。残念ながら生きてるよ」

「馬鹿…！　冗談でも、そんなことを言うな…！」

ユーリの胸が熱くなる。

この目で確かめるまでは、いくらアルフから無事だと聞いても、心配でたまらなかった。心配のあまり眠れなくて、会いたくてしかたのなかった相手が、今、目の前にいる。

き…っと睨みつければ、ジークは困ったように口を閉ざす。

「お前…！　まだ怪我が治ってはいないだろう？」

血溜まりにジークが倒れたのは、わずか一週間前のことだ。

あれほどの重傷を負いながら、たった一週間で、完全に治るわけがない。

こんなふうに、歩けるようになったことさえ、驚きなのだ。

「どうして、こんな無茶を…！」

会うなり咎める言葉ばかりを向けるユーリに、ジークは唇を尖らせる。

「いいじゃないか。俺があなたに会いたかったんだから」

ジークの顔が、月に陰る。青白い光に頬が透けた。

いくら大人びた顔つきをしてみせても、顔色の悪さは隠せない。

「俺が倒れた時、俺よりも、あなたのほうが青ざめた顔をしていたから。あなたが心配だった」

だから、会いたかった。早くユーリの体調を確かめたくて来たのだ、とジークは告げた。

(…あ)

思わず、泣きそうになった。

本当は、ジークが目の前に現れた時、肌に触れ、体温を確かめたかった。

無事だったのだと、消えてしまわないのだと、血の通った体温を感じたかった。でも。

手を伸ばそうとして…ユーリは衝動を抑え付ける。ぎゅ、と拳を握り締め、うつむく。

「…ユーリ」

怪我をおしてユーリの元を訪れたジークも、早く触れたいと、ユーリと同じ気持ちだったのだろう。

ジークがユーリに手を伸ばす。

抱き締めようと、したのかもしれない。

バシッ…。

鋭い音が夜に響き渡る。

ユーリはジークの手を、振り払った。

ジークが驚いたように目を見開く。

意外だったのかもしれない。

ユーリに腕を振り払われて、その衝撃で脇腹に力が入ったのか、ジークが目の端をわずかに歪めてみせる。

怪我の名残が、痛々しい。

その怪我は、自分のせいで…。

ユーリは覚悟を決めて、きゅ、と唇を引き絞る。

そして、言った。その台詞を告げることは、自分にとって、何よりもつらいことだったけれども。

「二度と、ここへは来るな」

きっぱりと、ユーリは告げた。

「え…？」

ジークが目を丸くする。冗談だと思ったのだろう。ジークは不思議そうな顔をすると、なおも自分に手を伸ばす。

しかしユーリは、さっとその腕をかわした。

「聞こえなかったのか？　来るなと言ったんだ」

あえてもう一度、きっぱりと告げる。

「な…」

ジークが息を呑んだ。驚きのあまり声も出ない、そんな気配が窺えた。

「なんでだよ?」

それでもジークは、むっとしたように頬を膨らませてみせる。声が掠れていた。

いつもの、自信に満ちた顔は深い困惑に染まり、ユーリが何を言っているのか、本当にわからないと言いたげな様子だった。

「私はこの城を出る。だからお前が来ても、もうここにはいない」

ユーリは室内にちらりと目を走らせる。

ジークもつられるように室内の様子を窺い、見慣れた小物が姿を消し殺風景な気配を漂わせる部屋に、はっとしたように表情を強張らせた。

どうやら、ユーリの言うことが本当なのだと悟ったらしい。

「…来ても、会わない」

まだ信じられないといった顔をしているジークに、ユーリは駄目押しをするように言った。

「兄が、国を捨てた。私は兄の代わりに、皇太子である父に次いで、王位継承権二位になる」

ジークに言い聞かすように、わざと、厳しい顔をユーリは作った。

「私はもう、この城に幽閉される身分じゃない。王宮に入り、将来は…王になる」

ユーリは唇を引き結ぶ。本当は、心の底ではまだ、自分こそが急激な変化に戸惑っている。

王になる覚悟なんて、ない。

口に出して言ったのは、ジークに悟らせるためではなく、自分に言い聞かせるためだった。そして。決定的な一言を、ユーリは言った。もちろんわざと、選んでだ。

「お前の助けなどなくても、私はこうしてこの城を出ることができる。もうお前は必要ない」

「っ…！」

ジークの顔が見る間に青ざめる。『俺が、あなたを自由にしてあげるよ』……それはジークにとって、大切な、誓いだったから。

誓いを否定され、思いやりのこもった言葉も何もかも、手酷く拒絶される。

「嘘、…だろう？」

言いながら、苦しげな吐息が洩れる。

「嘘じゃない」

ユーリは言った。

「お前の身分ならば、いつか私が王位につくための役に立つかと思ったが、お前の助けなしでもここから出られ、国を手に入れることができる」

このくらい言わなければ、ジークは納得してはくれないだろう。

それほどに…想いは深いと、思ったから…。

そうまで深く想われて、ユーリはジークを嫌いになれるわけがない。

けれど、わざと、ユーリはジークを傷つける言葉を選んだ。

「そうでもなければ、私がお前を相手にするわけがないだろう？」

馬鹿にしたように鼻を鳴らしてみせた。言いながら、ユーリの胸が痛む。

ジークは多分怒って、捨て台詞を吐いて、自分の元を去っていく。そう、思ったのに。

ジークの表情が、泣きそうに歪む。

はっとユーリは口を噤んだ。

初めて見る、そんな…ジークの表情は。

それほどに深く、自分はジークを傷つけたのだと知る。

自分が、ジークを傷つけた——。

そう思えば、ユーリこそ、胸が抉られたような気持ちになる。

本当は、ジークにそんな顔をさせたくはなかった。

「だましてたのか？　あの…誓いも。何も…かも」

（違う）

ユーリは心の中で否定する。

口づけを受け入れたときは、夢が叶うとは思わなかったけれど、自分の意思で、目を閉じたのだ。

「逃げる間もなく無理やり…奪ったくせに何を言う」

ジークの拳が、白くなるほど強く握り締められるのがわかる。

「王宮に入れば、お前もこうして気軽に国境を越えて来るわけにもいかないだろう。お前もいい加減自分の身分に自覚を持て」

国を背負う者同士、自由に会うことすらままならない日々が始まる。

「私はなによりも国が大切だ」

もうそれ以上何も言うことはないと言いたげに、ユーリはジークに背を向けた。

全身で、ジークを拒絶する。

「ユーリ…」

「……」

もうユーリはジークの名も呼ばない。

顔も見ない。
目も合わせない。
声も聞かせない。
「冷たい人だ。…あなたは…」
背後で、ジークの自分をなじる声が聞こえる。
咎める言葉を向けながらも、声は震えていた。
もしかしたら、涙を滲ませていたのかもしれない。
…ユーリからは、見えなかったけれども。
背後で、ジークが欄干《らんかん》を乗り越える音が聞こえた。
柔らかい芝が踏みしめられる音がする。
足音が、遠ざかっていく。そして。
…消えた。
「…あ」
堪え切れなかったものが溢れ出す。
振り返ることが、できない。
背を見れば、引き止めてしまいそうだったから。

傷つけたまま、別れる。そして多分もう二度と…会えない。

国王である祖父も存命で、自分が外交上必要と思われる場で公務を果たす時が来るのは、ずっと先のことだ。

ジークと顔を合わせる機会など、当分訪れることはない。

でも、これでよかったのだ。

どうせ、会えなくなるのだから。

ジークは深く傷つくほどに…自分を。

そう思えば、切ない痛みが胸を刺した。

大切な誓いを捧げてくれる…ほどに。

ジークの立場を、忘れかけていた。そして、…自分の、立場も。

彼は将来王になる。

そんな立場の人間が、自分に誓いを捧げるなんて、許されはしない。

…自由に恋をすることも。

別れた時になってやっと、自分の気持ちに、気づいたような気がした。

それは、もしかしたら、淡い恋だったのかもしれないと。

一国の王として必要なのは、感情で動くのではなく、国の利益のために感情をいかに殺せるかだ。恋愛は、国の舵取《かじと》りを惑わせる。
だから、もう会わないほうがいいのだ。
ジークが自分に付きまとうのは…一時の気の迷いだ。
忘れればいい。
ジークはいつかきっと似合いの后《きさき》を迎える。
もしかしたら、そんな姿を見たくはないだけだったのかもしれない。
二度と会わなければ、ジークのそんな姿を見ることはないのだから。
『自由に、なりたかった』
『俺が、あなたを自由にしてあげるよ』
夢のような日々。
ジークのそばで、夢を見ていたのだ。
夢を見ることができた。彼の…そばで。

「ユーリ様!?　外に出られて大丈夫なのですか？」

鋭い声に、急速に、昔の思い出から現実に引き戻される。

噴水《ふんすい》に腰掛けたユーリのすぐ上に、アルフの心配そうな顔がある。

アルフの表情には、心から心配している気配が窺えた。

彼は幼い頃から忠実で、何よりユーリを守ろうという気概《きがい》に溢れていた。

「アルフ!?　どうしてここに!?」

「国王の使者です。ご滞在中に体調を崩されたと伺ったので、駆けつけたんですよ」

どうやらジークが告げた、自分が体調を崩したという嘘を、信じているらしい。

「早くお会いしてお顔を拝見したかったのに、お会いできないほどに具合が悪いと説明されたものですから。ずい分心配しましたよ」

「アルフ…」

「どうしても会わせてはいただけないし。お会いできるまでは、国には帰らないつもりでおりました」

アルフが悔しそうに言った。

「心配を掛けてごめんなさい。でも、もう、大丈夫」

心配を払拭《ふっしょく》するように力強く言えば、アルフはほっと息をつく。

「本国の皆も、心配していますよ」

薄着のままのユーリに気づき、アルフは自らが着ていたジャケットを脱ぎ、ユーリの肩に着せ掛ける。優しげな仕草は、久々に自分に向けられるものだった。手を伸ばされ、ユーリは素直にその腕を取る。

引き上げられ、立ち上がれば、長いローブの裾がめくれ、足元が露わになる。

はっとユーリは顔を強張らせながら、隣に立つアルフを見上げる。

大丈夫。アルフは足首に巻きつけられた鎖の存在に、気づかなかったらしい。

「…早く、国に帰ろう…」

この国で起こった悪夢のような出来事から…逃げたかった。

甘えるように隣に立つ男に身をもたせかければ、さくりと葉を踏みしめる音がして、ジークが姿を現す。

アルフの胸に抱かれたユーリの姿を見た男の目が、険《けわ》しくなった。

周囲の空気が歪むような、激しい怒気の炎が、ジークの背後から立ち上るような気がした。

「誰がここに入っていいと言った？」

激昂《げっこう》する声が、鼓膜《こまく》を突き刺す。牙を剝き、獲物を食い殺すかのような恐ろしげな表情のジークが、萎縮《いしゅく》し切って動けないユーリを奪い返した。

「あっ……！」

華奢な手首にぎりりと音がするほど強く、ジークの指先が食い込む。

苦痛に顔を歪めるユーリの表情を見て、アルフが抗議しようとする。

「恐れながら、ユーリ様にそのような乱暴な真似は…」

けれど、一睨みでジークの迫力に呑まれ、言葉を失ったようだった。

臣下である自分が、他国の王に進言するなど出すぎた真似だということは、良識のあるアルフは十分理解している。それをあえて言葉に出して告げるほど、ユーリを大切に思っているという心が伝わる。

ジークの目がすい、と歪んだ。

「約束の時間を破ったのは、お前の主君だ」

吐き捨てるように告げると、ジークはユーリの身体を見せ付けるように抱き込む。

そのまま引きずられるようにして連れ去られながら、ユーリはアルフを振り返った。

「む、昔馴染みだから、話が尽きなくて」

酷く言い訳めいた口調であることは否めない。

振り返りながら言い募れば、アルフの目にジークに対する剣呑《けんのん》な光が浮かぶ。

けれどもジークはあっさりとそれを無視すると、ユーリを連れていく。

ぎりっ、とジークの奥の歯が嚙み締められる音が聞こえた。

ジークは、ユーリを連れ帰るなり、乱暴に寝台に引き倒した。

「うっ……!」

力任せに華奢な身体を投げつけられた衝撃に、息が詰まる。

ジークはすぐに、力ずくでユーリが身に纏うアルフの上着を剝ぎ取った。それを床に投げつけると、ユーリの胸元を開いた。大きな体軀《たいく》に圧し掛かられ、真上から見下ろされる。

目の中に、酷く冷たい色が見えた。

「話が尽きなくて、か」

ユーリが懸命に紡《つむ》いだ言い訳を、ジークは揶揄《やゆ》するように鼻で笑った。ぎりっ、と獣のようにジークが歯を嚙み締める。ユーリはジークを本気で怒らせたことを知った。

「大事な主君が、本当はどんな扱いをされているのか奴が知れば、きっと力ずくでもお前を俺から奪い返しただろうにな」

下肢を左右に大きく割られる。かああ…っとユーリの頰に、鮮やかな朱が散った。

「お前を守ることもできずに、毎晩ぐっすりと奴は眠っていただろうよ。お前がどんな扱いを受けているかも、知らずに」

「アルフのことを悪く言うのは、やめてください…」

アルフの名を出されるたび、いたたまれない気持ちを味わう。

知られたくはない。自分に忠実に尽くしてくれる彼の信頼を、裏切りたくはない。

「あいつに相手をさせなかったのか?」

ユーリがアルフを庇うほどに、ジークはわざと揶揄する言葉を投げつける。

「お前にいつも付き従うあの男に忠誠を誓わせる代わりに、身体を与えてはやらなかったのか?　立場上、気軽に女を呼ぶわけにもいかないだろう。忠実な犬は主君の性欲処理も仕事に含まれていると思ったがな」

「なっ…」

「隣国を訪問した際も、奴を連れていったのか?　俺を裏切る相談でも隣国の王を交えてしていたのか?」

「ちが…っ、違います。アルフは…そんなんじゃ…っ」

「奴を受け入れて悦んだのか?　どんな淫らな声で喘いで、ねだったんだ?」

違うのに。アルフとなんて、想像したこともなかった。

「お前のようないやらしい身体が、今まで男なしでいられたわけがないだろう？　夜な夜な奴を寝室に引っ張り込んで、相手をさせることもできただろう」

「そんなことはアルフにはさせない…！」

自分が、男に抱かれることに慣れぬ身体だということは、覆いかぶさる男がよく知っている筈だ。

無礼な物言いに身体が震えた。侮辱《ぶじょく》を浴びせられ、思わずユーリから怒りが迸《ほとばし》る。昔の物言いが蘇る。

しかし、ユーリがアルフを庇うほど、ジークの気配が不機嫌なものになっていく。

「俺に逆らうつもりか？」

「あうっ…」

わざと体重を掛けて圧し掛かられ、ユーリは苦しげに息を喘がせた。

「さっき、奴と何の相談をしていた？」

「…え？」

いきなり問われ、ユーリは目を瞬かせる。

「俺の聞き間違いでなければ、国に帰る相談をしていたようだな」

顎に掛かった指先に、力が込められた。

「いつ俺がそんなことを許可した!?」

ジークの怒気をぶつけられ、ユーリの身が竦む。

「そ、れは…」

本気で怒っている。先程から向けられる、不機嫌で、激昂したジークの態度が恐ろしい。

「やはり、裏切るつもりだったんだな」

「そんな…違います…!」

ユーリは必死で訴える。

「お前は…絶対に、帰さない」

不敵な態度で、ジークはユーリの太腿の内側に手のひらを滑らせる。

「あっ…」

柔らかい肌はすぐに敏感に反応し、ユーリに可愛らしい声を上げさせた。

滑らかな内腿を伝って、手のひらが滑り降り、足首の鎖を撫でた。

「それを…取って、ください…」

鎖の存在を思い知らされるたび、たまらない気持ちになる。

「だったら早く俺を満足させてみろよ」

舌打ちしながら、到底できない取引を、ジークは告げる。

ユーリの返答を待たずに、ジークは身体を下へと下げていく。

恥ずかしい部分にジークの顔が埋まった。

「奴隷なら、奴隷らしく…な」

ジークの扱いが、ユーリの胸を凍らせる。けれど、舌と口腔を使って愛撫されれば、嬉しそうに分身が跳ね上がった。

「んっ…んっ…」

わざと大きく下肢を広げられ、ユーリは両足を開いた淫らな姿で悶え喘ぐ。

ジークが素直にユーリの陰茎を愛撫してくれることなど、めったにない。いつも嫌というほど焦らされ、自らねだるまで触れてはくれないのに。だから、ユーリは際限なく乱れさせられてしまう。

「あっ…あぁ…っ、あっ、だめ、離して…っ」

このままでは、ジークの唇に白濁を迸らせてしまう。

他人の口にそんな真似をするなんて、想像しただけで、いたたまれない。

けれど、巧み過ぎるほどのジークの口淫に煽られ、とうとう快楽の前に意思を明け渡す。

じゅわ…と先走る蜜を吸われて、もう限界だった。

はしたなくも、放出をジークの口腔に打ち付けてしまいそうになった時だった。

ジークはユーリの性器を口腔から離した。

「…あ」

思わず不満そうな声が洩れ、ユーリは慌てた。下肢は達する寸前の期待を裏切られ、焦れた狂おしさに泣きそうなほど熱い。中途半端なまま放って置かれ、肉茎は痺れるように疼く。

「どうしてほしい？」

やはり、ジークはユーリを甘やかすつもりはなかったのだ。

わざと逃れられないほどの強い快楽に落とし込んでから、残酷な言葉をユーリから引き出そうとする…。

そして、ユーリは自分がジークの命令に従わなければ、許されないことを知っていた。

先程から…ずっと、不機嫌そうなジークに、苛むように抱かれる。

これは、逃げる相談をしていた自分に対する罰なのだ。

そう思えば、胸が引き絞られるような気がした。

「舐め、舐めて…ください」

消え入りそうなほど小さな声で、ユーリはねだった。

顔から火が出るほど恥ずかしかった。

やっと、ジークは満足げに溜め息をつく。

「民は、お前の身体で平和が成り立っているとは思わないだろうな。王子がこんなに淫らな性質だということも」

王子とは名ばかりで、国を守ってもらうために身体を差し出す奴隷と変わりのない扱い。毎晩のように伽《とぎ》を…申し付けられて。

「どんなふうに抱かれたい？」

押し黙ったまま、ユーリは答えられなかった。

「…言わなければ、俺のやり方で…お前を抱く」

そう、宣言された。

「もっと深く…感じさせてやるよ」

ジークは身体を起こすと、ユーリの身体を横抱きにする。

背後から、つつましやかに閉じたユーリの蕾に、猛《たけ》り切った切っ先を押し当てた。

「んんっ――っ！」

灼熱の楔が、ユーリの狭道を割り開く。

圧倒的な存在感を持つものが、内臓を食い破るような強さで、自分の中に入り込んでくる。すぐに、声を止めることができないほどの強さで、抽挿《ちゅうそう》が始まる。

「あっ…あぁ…っ」

目が眩《くら》むような快楽が訪れる。男に後ろを犯されて生じるのは、前への愛撫だけでは味わえない、深い快感だった。

肉棒が引き抜かれ、また強く押し入る。男の剛直に、何度も犯される。

突き上げられる激しさに、身体がずり上がれば、腰に回った腕が自分の元へと引き戻す。

ジークは横向きに寝そべり、ユーリの喘ぐ反応を見ながら、余裕のある仕草でユーリを貫いていた。

「あっ…ああっ、もっと、ゆっくり…」

感じすぎて、自分を失うのが怖い。それほどに、ユーリは感じさせられていた。

「む、り…お願い。やめ…て。あ、あ」

ユーリの身体が限界を訴える。

ジークを…満足させることなんて、とても、できそうにない。そう訴えれば、ジークにあっさりと否定されてしまう。

「俺は慣れた女よりも、こうして、物慣れぬ身体を俺好みに躾けるほうが好みだ」

自分の知らない顔で男が笑う。

記憶の中の少年が、こんな…台詞を吐くなんて、今でも信じられない。

自分のついたささやかな嘘に涙を零す様を見て、可愛らしいとすら、思ったのに。

呆然とした表情で見上げるユーリの顎を、ジークがすくい取る。

「信じられないと言いたげな顔をしているな」

男らしい顔が近づく。はっきりとした顔立ちも、鋭利な顎の輪郭も、すべてが大人の男としての風格を漂わせていた。

「俺は十二の頃から女を抱くことを覚えた。お前の離宮に通っていた頃、すでに俺は女を知っていた」

(嘘…)

ユーリは目を見開く。

あんな…可愛らしい顔をして、すでに女を抱いていたというのか。

ユーリが邪険にしても、振り払っても、犬のようにまとわりつき、戯れについた嘘に涙すら流していた少年が。

「手練手管を尽くして、年上の女たちは俺に王としてのたしなみを教えてくれた。百戦錬《ひやくせんれん》磨《ま》の女たちにはもう飽きた」

彼女たちはきっと、自分よりもずっと深い快楽をジークに与えていたのだろう。

自分の拙《つたな》い反応が、ジークを満足させられるとは、思えないのに。

比較されながら抱かれているのかと思えば、その扱いがユーリの胸をたまらなく苦しくさせた。

男根の抜き差しが激しくなる。

「あ、ああっ」

とうとう…ユーリが、突き立てられた男根をしゃぶるように、自ら腰を揺らめかせ始めた時だった。

「あんっ…あっ…」

「いいんだろう？　いいって、言えよ」

「んっ…い、いい…っ…」

どんなに恥ずかしい言葉を言わされても、快楽に霞んだ意識の下では気にならない。

「…入れ」

ふいに…ジークが扉に向かって声を掛けた。ジークの声に、企んだような含み笑いが混ざる。

「失礼いたします」

女性の畏まった声が聞こえ、ユーリの意識が扉へと向く。

「え…？」

身体が、強張る。

恐る恐る、涙で重くなった瞼を開いた。

「水差しをご所望と伺いましたので」

古典的な衣装に身を包んだ侍女が、静々《しずしず》とガラスの水差しを手に室内に足を踏み入れるのが見えた。

「い、いや…」

ユーリは顔を背けた。

逃げ出してしまいたかった。

快楽に上気していた肌は青ざめ、シーツの中に逃げ込んでしまいたかったのに、背後からしっかりと拘束されていては、身動きすらままならない。

「うっ…」

見られてしまう。

知られてしまう。

侍女に、自分が…ジークに抱かれていることを。

固く全身を強張らせる。生きた心地もしない。

「そこに置け」

侍女に命令する合間にも、淫らに腰を動かされる。

「んっ…くふ、うっ…」

いくら声をこらえようと毛布を噛んでも、誤魔化すことのできない接合音が、ぬちゃぬちゃと淫らに響く。

激しい抜き差しが分かるような交接音だ。繋がっていることを、どう足掻いても知らせてしまう。

「はい」

侍女の声に動揺はみられない。平静そのままの様子で水差しを置く腕が、震えることもなかった。

「…酷い…」

呟きながら、ユーリの眦に涙が浮かぶ。

同じ見られているにしても、突き入れているジークと、自分では…受ける印象も違う。突き入れるほうはいいだろう。男としての尊厳を、傷つけられることはない。だが、ユーリは。自分は王族として同じ立場にいるというのに、男根を捻《ね》じ込まれ、喘ぎ、女のようによがっているのだ。

色奴隷としての扱いを、知られてしまったのだ。この国の、人間に。

泣きそうになる。

哀れみすら向けられているかもしれない。

屈辱と自己嫌悪で、もうどうしていいかわからない。

溢れる涙をこらえるように唇を噛み締めるのに、傲慢な男は腰の動きを止めずに、ユーリを犯し続ける。

充血し、反り返った勃起は逞しく、いつまでも萎える気配がない。

最初に咥えさせられた時、こんなものが入るのかと怯えたほどに大きく、欲情に漲ったものが突き立てられているのだ。

なのに、咥えさせられたものが入っていると思えば、蕩け切った媚肉が、熱く疼いた。

淫欲を…煽られるように、男根が内壁を擦り上げる。

「侍女たちはこんなことには慣れている。お前だってわかっているだろう？　汚したシーツを誰が替えているか。お前が飛ばした精液もな。今日も、せいぜい飛ばしてみせろ」

「やめて…！」

聞きたくないと耳を塞ぐけれど、追い討ちを掛けるようにジークは嬲る言葉を止めない。

「お前がどんなに乱れたかも、侍女たちは知っている」

傷ついた表情を見せるユーリに、諭すようにジークが告げる。

「俺が世継ぎをもうけることができるか、体調管理をするのも、侍女らの大事な仕事だ。こんな行為程度でいちいち頬を赤らめていたら、仕事にはならない」

「そんな…」

「そのうち、お前の国の奴らにも見せつけてやろうか？　自分たちが次期王と仰ぐ人間が、男に抱かれているということを。俺を裏切ればどんな目に遭わされるのかということを、思い知らせてやるのもいいかもしれないな」

残酷な言葉が、ユーリの胸を抉る。

ジークは、自分の裏切りを許さない。でも、自分がジークの誓いを…裏切ったのは…。

ユーリの胸が痛む。でも、本当のことは、絶対に言えない。

「もう…いや…」

涙交じりの声で、ユーリは呟く。

身体を強張らせたまま、小刻みに震え出したユーリの耳元に、甘く官能的な声が吹き込まれた。

「お前は…俺に抱かれることだけ、考えてろ」

不思議と、優しげな声に戸惑う…。

言われるまま後孔を強く突かれる。

ぎちゅ…っと繋がりの部分から、湿った音がした。

「あっ…」

泣きそうな想いを抱いていたユーリにとって、そのジークの誘いは、自分を守るための呪文のようなものだった。

ジークに抱かれることだけ考えていれば、周囲の人間の存在も忘れられる…。

「俺に抱かれることだけ…」

ジークの優しげな声だけが、耳に残る。

次第に意識が混濁し、本当に…侍女の存在を忘れていく。

ユーリが本気で泣き出せば、ジークの扱いが妙に優しくなるのが…不思議だった。

翌朝、侍女の訪れに肌を震わせれば、腕の中にユーリを抱く男は、ユーリを彼らの目に触れさせはしなかった。

憔悴しきったように目を伏せるユーリを見て、ジークは外出の許可を与えた。

「そういえば…もうすぐ、お前の国では祭典があるんだったな」

寝台の上で、ユーリを抱きながらふいにそんなことを言い出すから、戸惑う。

ユーリはジークに言われるまま、彼の胸元に頬を乗せていた。

前髪に柔らかく、ジークが唇を触れさせている。

政《まつりごと》を司《つかさど》る者として、ジークが隣国の祭りを知識として持つのはわかる。

だが、同じ寝台の上に横たわり、露わな肌を寄せ合い、広い胸に抱かれながら告げられれば…ローゼンブルグの人間ではないジークには何の意味も持たないとわかっていても、動揺を覚える。

ジークの言う祭典とは、花祭りのことだ。

ローゼンブルグの人間には、この祭典は特別な意味を持つ。

特に…王族には。

花祭りでは人々は意中の人に、それぞれに選んだ花を携えて告白する。

薔薇の花を贈るのは、王族への正式な求婚の印。

断られれば、国を捨てなければならない。だから。

軽々しく王族へ薔薇の花を贈る者はいない。

(そういえば…昔…)

まだ子供だった頃。ジークは自分に薔薇の花を贈ってくれた。

彼がその意味を知る筈がない。なのに。

当時、自分は…。花を贈られて、胸が切なくときめいた。

祭りまでは一週間を切った。

広場には市がたち、祭りの準備が着々と進められているはずだ。

人々を華やいだ気分にさせ、町には活気が満ち溢れる。

「様子を見に行ってみるか？」

「え…？」

驚いて見上げれば、悪戯っぽい瞳にぶつかる。

それからのジークの行動は早かった。

ユーリをスーツに着替えさせると、自らも地味なスーツに着替える。

「俺はある程度、この国では顔が割れているからな」

そんなことを言いながら、濃い色のサングラスで双眸を覆う。

目立たぬための着衣とはいえ、スタイルが圧倒的によく、華やかな印象は隠しきれない。

サングラスに零れ落ちる前髪を掻き揚げながら、ユーリの目の前に立てば、思わず見惚れてしまいそうになるほどに格好いい。

「まさか…その格好で、本当に出て行くの？」

戸惑うユーリに、ジークはニヤリと笑ってみせた。

肩を引き寄せられ、広い胸に抱《いだ》かれる。

そしてそのまま、城を後にする。

「国王がこんな勝手な真似をしていいんですか?」

さすがに驚いて咎めれば、気にもしていないような答えが返される。

「俺に気配を気づかせないよう、護衛がついてきている筈だ。俺が向かうルートには、警備もそれとなく配備されている。…彼らに責任を取らせるわけにはいかない。自分の立場はわきまえている。俺もそれなりに、訓練は受けているからな」

見える位置に護衛をつけずとも、自分の身は守れるという、実力から滲む自信が窺えた。

昔もよく城を抜け出して、自分の元を訪ねてきたものだったけれど、成長してもその脱出癖は、治らなかったらしい。

こんなところにだけ、昔との共通点を見つけ、少しだけ、ユーリは嬉しくなった。

城を抜け出し、国境近くの小さな町に辿り着く。

ライフェンシュタインの国土の一部とはいえ、国境に近いこの町は、ローゼンブルグの影響を色濃く受けている。

教会の前の広場には、花祭りとクリスマスにだけ並ぶ色とりどりのテントが、競って菓子や工芸品を軒先に下げていた。

雑然とした人々の喧騒が、市場に広がっている。

警備の関係上、これまで人ごみには近づかせてもらえなかったユーリには、何もかもが新鮮だった。

店に並ぶ商品を、夢中になって眺めているうちに、あっという間に時間が過ぎ去っていく。

「ワインはどう？　うちのは特殊な製法でハーブを溶かし込んでいるからね。美味い上に身体にもいいよ！」

「今ちょうど菓子が揚がったよ。チョコレートをたっぷり掛けてあげるから、寄っていかないか？」

ひっきりなしに、威勢のいい掛け声が、市を歩く二人に掛けられる。

「そこのお兄さん、ずい分な男前だね。綺麗な人を連れてるんだから、気前よくいい格好を見せなよ。おまけしてあげるよ」

湯気を立てているワインサーバーを所有する男の前で、ジークは足を止めた。

商魂《しょうこん》逞しい中年の男は、人の良さそうな性格そのままに丸々と太り、ワイン樽《だる》のような腹を揺すっていた。

「…そうか。じゃあ、それをもらおうか」

ポケットから剝き出しの紙幣《しへい》を取り出すと、男の前に差し出す。

「どうも。うちのワインは絶品だよ。大きなカップに注いであげるけれど、小さいほうの値段でいいよ」

男は多めに釣りを寄越《よこ》しながら、湯気を立てた赤ワインを差し出す。

中に溶かされたハーブや蜂蜜の香りが香ばしい。各々の店は独自の製法で、このハーブワインを醸造《じょうぞう》する。祭りではハーブワインのコンテストも開かれるほどだ。

「本当に綺麗な人を連れてるね」

男はユーリを見つめ、心から感嘆《かんたん》したような溜め息をつく。

見惚《みほ》れるような視線で見つめられることに慣れてはいないユーリは、どう返していいかわからず戸惑う。

返答に躊躇するユーリの代わりに、男に応えたのはジークだった。

「羨ましいだろう?」

自信たっぷりに告げながら、ジークは自慢げに笑んでみせる。

そしてユーリを胸元に引き寄せると、目の縁に唇を落としてみせた。

「なっ…」

市場での大胆な仕草に、ユーリの頬がみるみる赤くなる。けれどジークは平然とした態度のまま、ユーリをその場から連れ出した。

山合いの町に夜の訪れは早い。次第に市が薄闇に呑まれていく。日が暮れれば、石畳の路面と相まって、急速に冷え込んでくる。

喧騒からやや離れた場所で、ジークはユーリにカップを手渡す。

「飲んでみろ。冷えた身体にはちょうどいい」

カップを差し出されるまま、ユーリは口をつけた。

「…甘い…」

薬効のハーブと蜂蜜が溶かされた赤ワインは甘く、ユーリの心を和ませた。

湯気越しに、珍しく穏やかな瞳が、自分を見つめている。

自分…だけを。

妙に落ち着かない気分を味わう。ユーリは慌てて視線を逸らした。

落ち着かなくて、そして、飲みやすい甘さについ…半分ほどの量を一気に飲み干してしまう。

くらりと視界が揺れた。すぐに逞しい腕が自分の身を支える。

「ユーリ、大丈夫か？」

「あ、うん。酔ったのか、な」

酔いと、祭りの楽しい気分と。

ジークと二人きりの外出に、昔の二人に戻ったような気がして。

妙に素直な気持ちになった。

「このワインは甘いとはいえ、煮詰めてあるから、通常よりもアルコール度は高い。お前、酒にそれほど強い性質じゃなかったんだな」

慌てた気配が、掴まれた腕から伝わる。

ジークはまるで大切なものを扱うように、広場の隅に置かれた石像の足元の台に、ユーリを腰掛けさせる。

「…水を持ってくる。すぐに戻るから、ここから動かずに待ってろ」

「…うん」

頬を上気させたユーリを、心配げにその場に残すと、ジークはすぐに広場にひしめくテントへと戻っていく。

一人その場に残されて、ジークの帰りを待つ間に、ほろ酔い気分で帰宅する中年の男がユーリの目の前を通りかかる。

酔いのために足元がもつれ、手に掲げたビールのグラスが傾く。

「あっ……！」

「おっと」

不注意でビールはユーリのズボンの裾に降り注ぐ。

「す、すまない」

うろたえながら男が跪き、ユーリの足元を拭おうと、ポケットからチーフを取り出す。

「い、いいです」

慌てて男の手を遠慮がちに振り払おうとすれば、その前に男はユーリのズボンに隠された足首の枷の存在に気づく。

「これは…？」

男の目が驚愕に見開かれる。

（っ…！）

「信じられないな。あんたみたいな人が…」

恐縮した態度が、下卑《げび》た嘲笑が混ざったものに変わる。

「もしかして、買ってくれる人を待ってたのかい？　だったら俺が買ってやる。こんな綺麗な男娼なんて、めったに見られるもんじゃない」

男は強引にユーリの腕を掴むと、立ち上がらせてしまう。

「あっ…！」

足に絡む金の鎖は色を売る奴隷の印だ。それを身につけていては、言い訳もできない。だから、男の勘違いを、一方的に責めることはできない。

「ちが、違います…私は…」

「何が違う？」

男が不満げに鼻を鳴らす。アルコールの匂いが鼻をつく。酔っていても男の力は思いのほか強く、手首に絡んだ腕を、振り払うことができない。

市場から連れ去られそうになった時、ユーリの手首から男の腕が外れた。

「くっ…」

男が苦痛に顔を歪ませる。

背後から伸びてきた腕が、ユーリを男から引き剝がし、力強く胸元に抱き寄せる。

「汚い手で触るな」

恫喝すら混ざる低い迫力のある声に、男はみっともなくも竦み上がった。

怒っている。ユーリすら一瞬怯えそうになるほどの怒気を、ジークは湛えていた。

「お、俺に譲ってはくれないのか？」

竦み上がりながらも、未練がましく男がジークにすがる。

「売り物じゃない。これは」

ジークが男を睨みつける。一睨みで黙らせる迫力に満ちていた。

「俺だけのものだ」

「っ！」

はっきりと告げると、男をその場に捨て置き、ジークは胸元にユーリを抱き寄せたまま
さっさと歩き出す。

(俺だけの、もの…？)

ジークの言い様にユーリは戸惑う。

自分のいいように扱いながら…他に触れさせようとはしない。

男から助け出してくれた逞しい存在を、困惑と戸惑いとともに、ユーリは見上げた。


結局その晩は、月が暁の空に溶け、空が白むまで眠りに落ちることができないまま、ユーリはジークの傍らにいた。

寝台に横たわり、胸元にユーリを抱きながら、同じようにジークも眠れないでいる気配

を感じていた。久しぶりの外出と、慣れない人ごみに紛れたせいか、あまり丈夫な性質ではないユーリの華奢な肢体に熱がこもる。

「熱があるな」

明け方、腕に抱く男はすぐに、ユーリの体調の変化に気づいた。

ジークの指示であっという間にベッドの用意が整えられ、医者が呼ばれる。

医師はユーリに薬湯を交えた数種の薬を用意すると、ゆっくりと休ませるようにとジークに注意を与えた。代々国王の体調を管理する家に生まれついた彼は、若いながらも有能で、清潔そうな白衣を纏った姿は落ち着きを醸《かも》し出している。

「陛下。恐れながら申し上げます」

診察が終わると、彼はベッドに半身を起こすユーリの傍らに立つジークの前で膝を折る。

「どうした?」

ジークが促せば、医師は口を開いた。

「実は、ユーリ様の直属の武官に、何度もユーリ様のご体調を詰問されました」

アルフだ。

三日という日程を大幅に過ぎたというのに帰らない自分を心配し、自分を取り戻すために、ローゼンブルグの使者としてやって来ている。

名代として、祖父が心配しているという名目だったが、実際は祖父をせっついたのはアルフだろう。

「ご体調がすぐれないのは詐病ではと、疑ってもいるようです」

せっかく訪問したというのに、一度会ったきり、それ以後、一切面会を許されない状況に、アルフは焦れているらしい。

（アルフに…会いたい）

純粋に、ユーリはそう思った。きっと、心配している。

彼に心配はかけたくなかった。

医師は整った切れ長の瞳を、すい…と細めた。

言葉はなくとも医師の提案を、ジークは察したらしい。

「わかった。連れてきてやれ。一度会わせれば、まだ帰国するには無理だということを、納得するだろう」

「…ご随意《ずいい》に」

医師は立ち上がり、部屋を後にする。

扉が閉まると、ジークが寝台に片膝を乗り上げ、ユーリの耳元に唇を寄せる。

「わかっただろう？　今から…お前の忠実な犬が来る」

「アルフに、会わせてくれるんですか?」

耳朶に吐息が吹き込まれ、ユーリは肩を小さく震わせた。

「余計なことは、言うなよ」

さもなくば…。恫喝とともに吹き込まれた台詞は、最後まで言葉をなさなくともわかる。

目を合わせないまま、ユーリはコクリと頷いた。


執務官に連れられ、入室するとすぐに、アルフの瞳がユーリをとらえる。

アルフがユーリの足元に近づく。

(アルフ…)

ユーリの表情が、自然と花のように綻ぶ。

「何度も、心配をかけてごめんなさい…」

白いガウンを身に纏う、ユーリの肌は透けるように白い。心配を掛けまいと、笑顔を形作るが、酷く弱々しい。

「私が最初からついていれば…」

アルフが悔しそうに顔を歪めてみせる。そして、チラリと隣に尊大な態度で立つジークに目を走らせた。なぜ、ジークがついていながらユーリの体調を崩させたのかと、目を険しくさせる。睨み付ける目の端には、燃え立つような焔《ほむら》が窺えた。

ジークがピクリと片眉を上げる。

「…お手を…」

「うん」

アルフの腕が伸ばされ、ユーリは素直に彼の手のひらの上に、自分の手をのせた。

「熱っぽいですね」

「…いつものことだから」

「そうですね。あなた様は昔から、そうなるとわかっているのに無理をされるから。特に幼少の頃は…」

「アルフ…っ！」

昔のことまで持ち出されては敵わない。特にアルフはいつもユーリの側にいて、すべてを知っているからこそ始末が悪い。執務官や従者まで控えているこの場所で、子供の頃の失敗まで持ち出されて叱られては、形なしだ。

アルフの言葉を遮ると、ユーリはピンク色の唇を、可愛らしく尖らせてみせた。

さらさらと音を立てるように髪が流れる。陶器のような乳白色の肌が、恥ずかしさのために薄い桃色に染まった。

「心配しているだけです」

ユーリの酷く可愛らしい仕草に、険しかったアルフの目が和らぐ。

王族付の武官として、アルフ自身も護衛としての腕前は、トップクラスのエリートだ。訓練を積んだ者特有の研《と》ぎ澄《す》まされた迫力は、普通の人間では太刀打ちできない。けれど、睨み付けただけで相手を射竦ませるほどの気配も、ユーリの傍で見せることはなく、切れ長の黒い瞳も、ユーリに向けられる時だけは、いつも優しい。

ユーリも、アルフには甘えた表情を見せる。

アルフの大きな両の手のひらが、ユーリの手を温かく包み込む。

二人だけがわかる昔の会話を交わし、警戒を解いた素のままの柔らかい表情をユーリが見せれば、二人の背後から突き刺さる視線が、険しくなっていく。

「早く国にお帰りにならないと」

「え、…ええ。もう少し、体調が回復したら」

それは嘘だ。だがそう言うようにと、ジークに命令された。

傍らで、ジークが見張っていては、本当のことは…言えない。

「そろそろ…お時間です」

執務官が声を掛ける。

「私が、このままそばに」

アルフの申し出は、ジークに遮られた。

「ユーリには医師をつかせている。こちらで最高の医療を受けさせよう」

「ですが」

「わが国の医療が信じられないとでも言うのか？」

不満げに言い募るアルフは、ぴしゃりと撥ね付けられる。

「っ…」

国王に皮肉げに拒絶されれば、それ以上アルフが口を挟むことはできない。

悔しそうに、アルフが押し黙る。

「…下がれ」

不承不承といった様子で、アルフは腰を上げた。

「それでは…ユーリ様。また後ほど…」

執務官に促され、名残惜しげに振り返りながらアルフが扉の外へと消える。

「それでは、私どももこれで」

続いて医師と執務官も部屋を後にした。

ジークと二人きり、室内に残される。

「あの…アルフに会わせてくれて、ありがとう。滞在中は…彼に便宜を図ってもらえませんか？　不自由のないように」

兄とも親友とも慕っている人間が、わざわざ自分を追って来てくれたのだ。

自分の立場や体調よりも、まずアルフを気遣う素振りを見せるユーリを、冷たい光が見下ろした。

「ジーク…」

アルフと面会してからずっと、ジークは不機嫌そうで、ユーリを不安にさせる。

「くそっ…」

ジークが舌打ちをする。その迫力に呑まれ、ユーリがびくりと肩を震わせる。

片膝を寝台に乗り上げたジークが、手を振り上げる。

「あっ…」

殴られるかと、ユーリはこらえるように目を閉じる。けれど予想した衝撃はなく、ジークの手のひらが、ユーリの柔らかな頬に触れた。

「…ああいう男が好みなのか？」

押し殺した怒りの気配を感じる。抑揚《よくよう》を欠いた静かな声音だからこそ、いっそうジークの本気の怒りを感じた。

「……え？」

いきなり問われ、ジークの意図がわからず、ユーリは困惑の混ざった表情を浮かべたまま、小首を傾げてみせる。

「お前を傷つけることなど考えそうもない。年上の男には、お前はああやって甘えるんだな」

俺とは、違う。ジークは自嘲気味に呟いた。

ユーリの持つアルフのイメージは、優しくて、大人で、いつも落ち着いていて。けれど、ジークと比較したことなど一度もない。だから、否定することなど、思いつきもしなかった。

何も言えないユーリを見下ろしたまま、ジークはそれ以上口を開くことはなかった。

表情をなぜか苦痛に歪ませながら、ジークの温かい手のひらが、離れていく。

もしかしたら、ユーリが熱を出しているから、乱暴な真似をしなかったのかと思った。

そんな甘い人ではないと、思ったけれど。

そのまま、寝台から降り立つと、ジークはユーリに背を向けて乱暴に扉を開けた。怒気の気配を立ち上らせたまま、荒々しく部屋を出て行く。

不機嫌そうな気配を見せるジークに、無理やり身体を開かれるかとも…思ったのに。

たった一人残されたまま、ユーリはジークが消えていった扉を、ずっと見つめていた。


それ以来、ジークの呼び出しが途絶《とだ》えた。

今までは毎晩のように呼び出しがあり、執務官がユーリの元にやって来ていた。

(なぜ…)

落ち着かない。身体は負担から解放されて、熱も下がったものの、深い不安がユーリを苛む。

(もう、飽きたのだろうか)

そう思えば、胸が痛むような気がした。

あれほど、嫌だったのに。

今もジークを受け入れるのは怖い。

ジークが命じるように、忠誠を誓い自ら進んで抱かれようとは思わない。けれど、行為の後必ず…ジークは自分を抱き締めて眠るから。

自分を求めるジークの激しさは怖かったけれども、ずっと一人で過ごしていた自分にとって、初めて知る隣に感じる体温の温かさは心地好くて。

それは決して不快なものではなかった。

（用済みならば…早く国に帰してほしい）

飽きたと面と向かって宣言されるより、黙って帰してくれればいいのに。

医師は毎日のようにやってきて、ユーリの体調を確かめる。

もう回復したとわかっているのに、何故か、部屋を変わることもない。

足首に金の鎖を巻かれてから、廊下に続く扉の鍵を掛けられることはなくなったけれど、ユーリの行動を見張るように、衛兵がつけられていた。

彼に頼めば、中庭にだけは…出る事を許される。

それが、鎖をつけて、ジークの奴隷の立場を受け入れることと引き換えに、自分が唯一《ゆいいつ》得られた条件だったから。

このまま部屋にいて、ジークの呼び出しをただ待つだけの時間を過ごすのは、嫌だった。

扉を小さく開けて、外の衛兵を呼ぶ。

「あの…中庭に出してはもらえませんか？」

「かしこまりました」

ジークに命令されているのだろう、すぐに中庭への鍵は開けられた。

上着を羽織り、外に出れば、夜の冷たい空気が頬を刺す。

手入れの行き届いた中庭は、花々が月の光に照らされて、美しく咲き誇っていた。足を踏み入れればすぐに、ユーリの足元に白鳥が擦り寄ってくる。長い首を撫でてやった後、噴水へと向かえば、薔薇の垣根の脇に、人の気配があった。

「…陛下」

高い女性の声に、ユーリははっと身構える。

陛下と呼ばれるのはジークただ一人だ。女性の隣には、ジークがいる。

なぜそんな真似をしたのかわからない。でも、ユーリは慌てて垣根の横に身を隠した。

隠れる必要などないのに。まるで聞いてはいけない会話を盗み聞きするような、罪悪感を覚える。

「お会いできて…光栄でした。なかなか、私ども主催の晩餐会《ばんさんかい》にはお姿をお見せにならないから」

女性の声には媚《こ》びた様子が窺える。色気をたっぷりと含んだ、艶然とした声音だ。ジークと直接言葉を交わすことができることからも、きっとかなりの身分の女性なのだろう。

「特にこの一週間、夜間に開催された舞踏会にもご欠席でいらしたでしょう？　体調をご心配申し上げておりましたのよ」

この一週間。

ユーリの頬が朱に染まる。初めて身体を開かれてから、毎晩のようにジークに呼び出され、男に抱かれるのに慣らされた時間だ。

夜は公務を入れていないのかと思ったが、そうではなかったらしい。

「…元々華やいだ場所は苦手なので」

大人の処世術そのままに、ジークは女性をうまくあしらうような口ぶりで答えた。

こんな、ジークは知らない。

いつも感情を剝き出しにして、ジークは自分に接していたから。

落ち着いた態度を見せるジークは、大人の男としての魅力に溢れていた。

二人が歩きながら、近づいてくる気配がある。

身を縮こまらせながら、ユーリは距離を窺おうと顔を上げた。

垣根の手前で、二人の足が止まる。

女性はタフタの入ったシルクをたっぷりと使った、デコルテのドレスを着ていた。

豪奢な金糸の刺繡が煌き、眩しいほどの派手な美しさをたたえている。

綺麗な人だった。男らしくハンサムで、圧倒されそうになるほどの魅力をほこるジークの隣に並んでいても、遜色《そんしょく》ないほどの。

「どうかご無礼をお許しください」

その時、いきなり女性はジークの胸元に飛び込んだ。

(…っ)

ユーリは息を呑む。

「陛下。以前からお慕い申し上げておりました」

垣根の陰から出るに出られなくて、ユーリは身を縮こまらせることしかできない。

ジークの腕が、女性の身体に…回る。

女性を優しげに抱きとめる…。

見ていられなくて、ユーリは目を逸らした。

(…あ)

早鐘のように脈打つ心臓が、締め付けられたようになって、ユーリは上着の上から胸を握り込む。

ジークが女性を胸に抱いている。

自分を抱きながら、ジークは他の女性も抱く…。

「…こちらへ」

大切なものを扱うような仕草で、ジークは女性の腰に腕を回し、中庭の外へと消えていった。

彼女のような女性は、ジークは大切に…扱う。

なのに自分は…。色奴隷としての扱いを表す位置に、金の鎖を…嵌められて…。

彼女には、決して、ジークはそんな扱いをしないのだろう。

違いを思い知らされたような気がして、ユーリの胸がズキリと痛んだ。

自分への呼び出しがなくなったのは、彼女のような女性が…いるから。

胸が、苦しい。

二人の気配がなくなってからも、しばらくの間、ユーリはその場を動けなかった。

ふと、頰を冷たい感触が伝わるのに気づく。

ユーリは泣いていた。

(…う)

一度自覚してしまえば、こらえることのできないものは、とめどなく溢れ、頰を伝わっていく。

自分が…ジークを裏切ったのは。

(ジークを、傷つけたくなかったから)

命をかけるような真似を、させたくなかったから。

結果として、心を、深く傷つけてしまったけれど。そして。

いつかジークの隣に立つ、女性の存在を見たくは…なかったから。

それは自分のエゴだ。

本当は、嫌いで…別れたのではない。いや、むしろ…。

もっと、惹《ひ》かれてしまうのが…。

怖かったのだ。

ジークを傷つけながら、それ以上に胸から血を流していたのは自分。

離れれば、忘れられると思っていたのに。

再び出会って、無理やり引き寄せられてから、押し殺していた自分の気持ちに気づくなんて。

こんなふうに女性と一緒のジークを見せ付けられても。

無理やり…身体を開かれても。それでも。

生まれて初めて、誓いの口づけを与えてくれた人のことが。自分は。…好きだったのだ。

凍えた気持ちを抱きながら、ユーリは自室へと戻る。

鏡にちらりと映った顔は、憔悴したように青ざめていた。

誓いを先に破ったのは自分なのだから。今さら傷つくなんておかしいと自分に言い聞かせながら、上着を脱ぐと、室内着に着替える。

今夜は、眠れそうもない。

外出中に従者が用意してくれたのか、円卓の上にはお茶のセットがあった。

長椅子に腰を下ろすと、従者を呼ばずに自らお茶を注ぐ。ユーリはあまり人の手をわずらわせることを好まない。ましてや、自分がどんな扱いを受けているのか知る人間と、顔を合わせる機会はできるだけ避けたかった。ブランデーを濃い目に垂らし、熱い琥珀色の液体を咽喉に流し込んだ時、扉がノックされた。

「…はい」

ユーリの心臓が跳ねる。

「失礼いたします。…陛下がお呼びです」

姿を現したのは、執務官だった。

（なぜ…）

ユーリの目元が険しくなる。脳裏にまざまざと、先程見せ付けられたばかりの映像が蘇る。

「今日は、具合が悪いので」

初めて、ユーリは反抗した。長椅子に座ったまま、立つまいとするように執務官から顔を背ける。

執務官は一瞬、驚いた気配を見せたものの、青ざめたユーリの顔色を見て、最初にジークの元に連れて行ったときのような強引な真似はしなかった。

「医師を、呼びましょうか？」

「いえ、必要ありません」

「わかりました」

おとなしく引き下がると、ユーリの前で扉を閉める。

繊細な絵が描かれたマイセンのティーカップを、ティープレートに置き、長椅子から立ち上がる。

ユーリは寝台に横たわると、凍える身体を温めるように毛布で身体をすっぽりと包み込んだ。

自分が一人、夜を過ごす今頃、ジークは胸にあの女性を抱いて…。

瞼に浮かぶのは、艶然とした笑みを浮かべる女性の赤い唇と、媚を売るようにジークを見つめる、潤んだなまめかしい瞳。

そして、逞しい胸に女性を抱き、ジークは彼女に口づける…。

見たくはない。浮かんだ映像を脳裏から振り払うように、ユーリはぎゅっと目を閉じる。

華やかで美しい女性だった。ジークと並んでも遜色はない。きっと、一枚の絵のように人々の目を奪うような、豪華なカップルになるだろう。人々は彼らの恋愛を祝福し、歓迎して迎え入れる。自分とは、違う。自国の国王が、男に…戯れに手を出したなどということは、歓迎すべきものではない。

ジークの周囲を取り巻くのは、彼女のような女性達だ。

自分とは比べものにならないくらい美しい人たちを、ジークは選ぶことができる。

まだユーリの胸の中には、少年時代のジークの面影が残っている。けれど、女性を胸に抱くジークはもう、過《か》の日の少年ではないのだ。

寂しいと…思っても、時が昔に戻ることはない。

そして、訪れを楽しみにすらしていた彼は、今、隣に来れば、会う…だけではすまない事を、ユーリの身体は知っている。

一緒の寝台で休んでも、安らぎしか感じなかったのに。今はその相手が自分の身体に触れるだけで…ユーリの肌は痺れたようになる。

ジークに、抱かれる。身に纏う布を剝ぎ取られ、最奥を暴かれ、蹂躙される。

大人の男の目をしていた。もう、自分の知る少年はいないのだとわかってはいても、胸を過ぎる寂寥《せきりょう》にどうしようもなくて、凍える身体を温めるように、ユーリは毛布を握り込む。

抱かれても、いい。

昔のように、もう一度、誓いの…口づけを与えてくれるのなら。

自分勝手な望みばかりが浮かんできて、ユーリは頭を振った。

切なくて、悲しくて。せっかく止めた涙が、滲みそうになる。

ふいに、ぎ…っと寝台が軋む音がして、男が片膝を乗り上げた。

そのまま毛布ごと、身体を抱き取られて、ユーリははっと身体を強張らせた。

「…俺の命令を拒んだそうだな」

(ジーク…！)

「なんで…っ」

ユーリは目を見開く。

今頃、あの女性と過ごしていると、思ったのに。

たおやかで柔らかな身体をその腕に抱いて。それとも。

既に女性との逢瀬《おうせ》は終わり、自分の元にやってきたのだろうか。

自分も抱かれたベッドで、女性が眠りについている…。

胸に焼け付くような痛みが走った。

彼女を抱いた腕で、自分を抱かないで。ユーリは身体を強張らせたまま、自分に触れようとするジークの腕を拒む。

ジークがユーリを胸に抱きこもうとすればするほど、ユーリは小さく身体を縮こまらせたまま、ベッドの端へと身を逃がそうとする。

「ユーリ」

頑《かたく》なに拒絶するユーリに、ジークは焦れたように背後から首筋に唇を落とす。そして、咎めるように歯を立てた。

「…っ」

「何を拗《す》ねている？　彼女のことか？」

ユーリを腕に拘束しながら問い詰めるジークの声音には、まるで、ユーリの硬直した態度を、面白がっているかのような響きがあった。

かっとユーリの頭に血が昇る。

知られていたのだ。先程中庭に出て、身を隠した自分の行動を。盗み聞きをするような真似をしたことも。

わかっていて…ジークは彼女の肩を抱き、親しげに振る舞った。

彼女のことは、大切に扱っているようだった。

ああいう女性と、ジークは結婚する立場なのだ。

けれど、自分は…鎖で繋がれ、無理やり身体を開かれて。

まるで、自分と彼女の扱いは違うと、見せ付けるように。

立場と扱いの違いを、思い知らされた。しかも、

(拗ねているか、なんて)

覚悟を決めてジークを追いやった時、自分がどれだけ傷ついたか、ジークは知らない。

ユーリが傷つかなかったと、ユーリだけが裏切ったと、ジークは思っている。

「他の女を抱くのが、ショックだったのか?」

口調に、妙に嬉しそうな響きが混ざるジークが、恨めしい。

胸が、熱くなる。ユーリは静かに口を開いた。

「自分の立場くらい…わきまえています」

ユーリを抱き締めようとするジークの腕の動きが止まった。

もうこれ以上、惨めな思いを味わわされたくはない。だから、全身でジークを拒絶する言葉を口にのせた。

「国に、帰らせてください。もう用はすんだでしょう?」

あんな綺麗な女性がそばにいるのなら。

「駄目だ」

けれど、ジークは表情を変えた。恐ろしいほどに、怒気を湛える。

即座に否定されてしまう。ユーリが帰ると言う度、ジークは怒りを漲らせる。

わかっていても、止めることができない。

「どうして…っ」

さすがに、咎める言葉が口をついた。

「まだ自分の立場をわきまえていないのか? お前はここから、…逃がさない」

ユーリの言葉を詰りながら、ジークの手のひらが、胸元に滑り込む。引き裂くような激しさで、布が左右に割り開かれた。

ジークの腕を振り払おうと、ユーリはもがいた。

「い、い、いや…っ!」

声が、震えていた。

このまま、抱かれたくはない。女を抱いた、腕で。

「離して、くださ…っ」

ユーリは懸命にもがいた。

「逃げるんじゃない！」

荒々しい言葉を、獰猛な表情でジークが恫喝とともに告げる。

恐ろしいほどの力強さで、関節が軋むほどに脚の付け根を左右に押さえつけられる。

「痛っ…」

諦めてもいた。ジークに抱かれることを。

ここに囚われてから、逆らわない、裏切らないと誓うことを、約束させられてからずっと、素直に抱かれることが、国を守る条件だった。

だから、逃げずに、抱かれた。

けれど、初めて、ユーリはジークに抱かれることを強硬に拒んだ。

眦が、熱い。泣きたくなんか、ない。涙なんて、見せてやりたくない。絶対に。でも。

力では…敵わない。もう。今のジークには。

悔しい。押さえつけられ、シーツの上に両腕を張り付けられれば、もがいてもびくともしない。

「俺に抱かれることを、拒むことは…許さない」

ジークの手のひらが、ユーリの肌と官能を暴いていく。

「くそッ…！」

痕がつくほどに華奢な手首を強く握り締めながら、ジークが悔しげに吐き捨てる。

ユーリを支配しようとする灼熱の塊が、後孔に捻じ込まれた。

「ひ…、あ」

恐ろしげな気配を湛えながら、乱暴に身体を扱われ、ユーリの咽喉が恐怖に鳴る。

優しさの欠片もない抱き方に、ユーリは悲鳴を上げるのに、ジークのほうが、追い詰められたような表情をしていた。

手首を、白くなるほど強く握り締められる。

「お前は…絶対に、逃がさない」

自覚を促すように宣言され、ユーリはぎゅっ、と目を閉じる。

目を閉じた瞼の裏側が、…熱かった。

ジークの元に来てから、再び昇る月をユーリは見上げる。祖国にも…自分にも、月の光は平等に降り注ぐ。

丸みを帯びた月が欠けて見えるのは、窓枠に嵌められた格子のせいだ。

両腕で摑み、強く引いてはみるものの、やはり動くわけもない。

今日、やっと起き上がることができたのは、月が昇ってからだ。

それほどに、昨夜のジークの苛みは酷かった。

楔の感触は未だに内壁に残り、ユーリを甘い鈍痛が苦しめる。

逃がさないと宣言されたとおりに、ユーリは本当に、今日一日、今まで動くこともできなかった。冷たい感触を握り締めながら、諦めたように目を伏せれば、窓枠越しに懐かしい声が掛けられる。

「ユーリ様」

「アルフ…っ」

慌ててユーリは窓枠に身を乗り出す。見知った顔が、優しげに笑んでいた。

「どうやって、ここに？」

「蔦の葉を伝い、組み合わされた煉瓦のわずかな突き出た部分に、足を掛けて、登ってきました」

アルフも王族付の武官として、訓練を受けた男だ。優秀な男として、そのくらいの芸当は易々とこなす。

でも、命綱などなく、見張りに見つけられれば、撃ち殺されないとも限らない。

アルフに会えれば、懐かしさが込み上げる。危険を冒してまで、自分に会いに来てくれたアルフの気持ちは嬉しかったけれど、大切な臣下に危険な真似をさせるのは、ユーリの本意ではない。

「もし見つかったら…」

自分の身よりも、まず他人の身を案じてみせるユーリに、相変わらずだと言いたげに、アルフは苦笑してみせる。

「私は大丈夫ですよ。あまり時間もないので、簡潔に申し上げます」

ユーリを勇気付けるように、アルフは力強く言った。

「…明日。あなた様を国にお送りします」

はっとユーリは息を呑んだ。

「執務官には話をつけました。明日、陛下はどうしても抜けられない公務が入っているそうです。その隙にあなた様をこちらからお出しします」

「本当に？」

明日。急な話だ。

「あの執務官が？」

信じられなかった。あれほど忠実な彼が、自国の王の命令を裏切るような行動を、承諾するとは。

「隣国の皇太子を閉じ込めるような真似をしているのは、陛下のためにもならないと、わが国の国王の書簡を手に、執務官に迫ったところ、彼も納得されていましたよ」

信じられないと言いたげな顔をしているユーリに、アルフが分かりやすく説明してくれた。ジークに忠実であればあるほど、彼を不利な状況に陥《おちい》らせるのは、避けようとするはずだ。忠誠を逆手に取り、アルフは巧みに交渉を進めたらしい。

（確かに…）

自分を閉じ込めたまま本国に帰さないのは、ジークにとって、何のメリットもない。

それどころか、外交上の不安要素として、疑念を抱かせかねない。

執務官も、自国の王が毎夜男を褥に呼ぶのを見て、苦々しい思いでいたに違いない。

「明日の夜。着替えずにお待ちください」

「…はい」

緊張した面持ちのまま、ユーリは頷く。

乾いた咽喉が鳴った。

ユーリの返事を確かめた後、アルフの姿が視界から消える。

それきり外からは物音一つ聞こえない。

明日。まさか、こんなにも早く、国に帰れるなんて。

ジークから、離れる。

逃げた自分を許してはくれるだろうか。

いや、裏切りをジークは許さないだろう。

多分、自分が国に帰れば…それきりだ。

自分の行為に怒りを抱いたまま、二度と、会うことはない。

ジークに、会えない。

何年も会ってはいなかったというのに、これから二度と会えないと思えば…胸が痛むような気がした。

でも、きっと。

お互いのためを思うならば、会わないほうがいいのだ。

自分が昔…ジークの腕を、拒んだ時のように。

翌日、深夜を過ぎても、アルフの迎えは来なかった。

割れそうに鳴る心臓の鼓動を宥《なだ》めながら、ユーリはアルフの訪れを待つ。

(どうしたんだろう…)

さすがに不安になって、顔を曇らせれば、背後でカタン…と小さな音がした。

「アルフ?」

ユーリは期待とともに振り返る。けれど、そこには期待していた人間の姿はない。

それどころか、一番…会ってはならない相手が立っていた。

「…あ」

ユーリの顔が瞬時に強張る。

「どうして深夜を過ぎるというのに着替えていないんだ?　しかもここを訪れた時の正装をなぜ着ている必要がある?　一体どういうつもりだ?」

「そ、その…」

言い訳がすぐに浮かぶわけもなく、ユーリはうろたえる。

答えられないユーリの反応を、ジークは意地悪く見つめていた。

「残念だったな。奴は来ない」

「どうして、それを…！」

ユーリは言いながらはっとなる。

自分達の計画は、ジークに知られたのだ。

だから、アルフはここには来ないのだということに気づく。

「あいつは、俺の部下が捕えてある」

ジークの片頬が上がる。

「…あ」

ユーリの身体が震えた。

「あいつを、どうしてほしい？　俺の命令に背いて、ただですむとは思わないだろうな？　従者を殺されたいか？　それとも、拷問で嬲られたいか？」

ジークはいつものように激昂した素振りを見せなかった。

冷静に選択を告げてみせる。けれど抑揚のない静かな声音だからこそ、本気の怒りを含んでいると知る。

「やめてください…」

残酷に笑むジークに、ユーリの胸が凍りついた。

「わ、私が…命令したんです。アルフは悪くありません」

ユーリはジークの胸元にすがりつく。

「どうか、助けてやってください…！」

懇願とともに言い募った。

「命乞いでもしてみるか？」

ジークは冷たく言い放つ。背後から深い怒りの気配が立ち上る。

「どうすれば俺の怒りを解くことができるか、お前はその身体でよく知っているだろう？」

ジークの大きな手のひらが、ユーリの腰をすくい取った。

「あっ…！」

そのまま力強い手のひらに床に引き倒される。

バランスを崩し膝をついたユーリの顎を摑むと、自身の下肢へと誘う。

ユーリの眼前に下肢を押し付けると、ジークは言った。

「奉仕してみろ口で…臣下を助けるための命乞いを、な」

容赦《ようしゃ》のない命令が下される。先程までわずかながら浮かんでいた残忍《ざんにん》な笑みも消え失せ、ジークは迸る怒りをユーリに向けた。

立ち上がろうとするユーリの肩を押さえ付けると、ジークは下肢を寛げた。

大人の男の成熟した性器を口元に突きつけられる。

恐れおののいても許すほどジークは甘い男ではない。

「俺の命令に背いた罰だ。俺を満足させれば、…お前の従者を許してやってもいい。お前がきちんと奉仕できれば…だ」

自分を鋭く見つめる眼光には獰猛な怒りが滲む。険しい表情は贖罪の余地を与えず、獣を思わせる牙が噛み締められ、ぎりりと音を立てた。

脅迫に屈し、ユーリは泣く泣く目の前の性器に手のひらを添える。

赤黒く光った亀頭をゆっくりと口に含んだ。

「…んっ…」

大きすぎて口に含むのすら精いっぱいで、ユーリは苦しげに顔を歪ませる。

「本当に従者を助けてほしいのか？　その程度じゃ、俺は満足できないぜ？」

咎める声と共に、咽喉奥まで突き立てられる。

「んんっ…！　んっ」

圧迫感に息を詰まらせながらも、ユーリは舌を絡ませた。

咽喉の奥まで咥えさせられた性器を、ぴちゃぴちゃとユーリは舐め上げる。

時折ジークが腰を前後させれば、口腔から熱杭がずるりと零れ落ちた。

鎌首をもたげたそれを、裏筋に添って舐め上げる。

献身的《けんしんてき》に奉仕するように茎に手を添えて扱《しご》きながら舐め上げ、会陰にも舌を滑らせれば、そそり立つ欲望は熱く滾《たぎ》る。

「あっ…」

やっと、ぬるついた性器が引き抜かれれば、ユーリの唇との間に細い糸を引いた。

猛った男根は唾液に光って淫らで、今までそれを口に含んでいたのかと思えば眩暈《めまい》がした。

「主君にこんなふうに命乞いをされて、あいつはどんな気持ちだろうな」

「え？」

涙で潤んだ瞳で、ユーリはジークを見上げる。

「あいつは、隣の部屋に控えさせている」

ジークの意図がわからなくて、ユーリは戸惑う。

涙に濡れた瞳で戸惑うユーリの姿は、淫らな行為を強いられていても愛らしかった。

（まさか…）

すぐ隣に、アルフがいる。

「今までのやり取りも、全部聞こえていただろうな」

「っ！」

ユーリは目を見開く。

「本当はすぐにでも飛び出して来たいだろうが、奴には薬を飲ませておいた。感覚だけはしっかりしているが、動けない薬を、な」

「な…」

ユーリは絶句する。

「寝台に上がって足を開け。孔をしっかり見えるようにして、俺をその気にさせてみろ」

胸を、絶望が過《よ》ぎる。

けれど、拒絶することは許されなかった。何より、今までとは比べようもなく…深い怒りをジークからは感じる。

「奴を、助けてほしいんだろう？」

命乞いをしたのは自分。

覚悟を決めると、のろのろとユーリは寝台に上がった。

足元のジークに向かって膝を立てて…躊躇する。

「何を恥ずかしがっている？　処女でもあるまいし」

男を知っていると、男に既に抱かれた身体だと、アルフの前で宣言される。

「俺を普段どうやって悦ばせているか、主君がどんなに淫らな性質なのか、教えてやれ」

ジークは淫らな言葉でユーリを嬲る。

「お前のいやらしい孔が、どうやって男をしゃぶるのか、お前がどんな淫らな声で鳴くのか、聞かせてやれ」

「あっ……！」

強引にユーリの膝を割り開くと、ジークは蕾に指を捻じ込む。

「あぁっ！」

「開いたまま、閉じないように押さえていろ」

アルフを盾に取られていては逆らうこともできない。傲慢な命令に従い、ユーリは太腿の裏を手のひらで支えた。

「うっ……う……」

羞恥のあまり目の前が真っ赤に染まる。本当に、奴隷のような扱いだった。

ジークの指が内壁を抉る。屈辱めいた行為を受けているというのに、巧みに蠢《うごめ》く指先は、ユーリの弱い部分を探り当て、敏感な内壁を的確に突く。

「あっ……あ……」

「お前はどこが感じるんだ？　従者に…教えてやれよ」

侮蔑の言葉が、ユーリの胸を抉る。

感じる部分を何度も擦り上げられれば、甘い疼きが込み上げた。火照った肌にしっとりと汗が浮かび、ユーリの下肢が勃ち上がる。閉じ込められて、毎日のようにただひたすらに快楽を覚えさせられた身体は、初めての男のやり方の前に反応を隠すことができない。

「いつものように…欲しいと、言え」

耳元で淫らな声が囁く。背筋に官能が走った。声だけで下肢が勃ち上がってしまうような、甘い響きが混ざった魅惑的な声に包まれれば、いやらしげに身体がくねる。

快楽に身体が支配される。

（絶対に、言えない…）

ユーリは唇を噛み締めた。強引に奪われるならばまだ、言い訳もできる。でも、自分かららねだる言葉を告げてしまえば、もうアルフに言い訳もできない。

そんな淫らな自分を知られるなんて、絶対に嫌だった。

わざと前には触れずに、後ろの孔ばかりを弄られた。たっぷりと時間を掛けて、昇り詰めさせられる。

「あぅ…ああ…」

唇を噛み締めても、殺しきれない声が洩れる。

下肢が…疼く。どうしようもなく。苦しくて、涙が零れた。

散々可愛らしい声を上げさせてから、ジークは後孔から指を引き抜いた。

「…あ…」

あともう少しで達けるのに。

寸前で愛撫の手を止められ、苦しさのあまり視界がぼやりと霞む。

「舐めてほしいか?」

甘美な誘惑に、流されそうになる。

「きちんと言えれば、もっとよくしてやる。この間は…言えただろう?」

達する寸前で放置される苦しさのあまり、ユーリの身体がいやらしげにくねった。

耐えられなくて自らの手で慰めようとすれば、すぐにジークの手にすくい取られてしまう。

(…う)

苦しさのあまり、ユーリの顔がくしゃりと歪む。

どうしても言えないでいれば、ジークの先端が蕾を突いた。

「…あ」

入り口を焦らすように何度も突く。

秘孔は散らされるのを待つように、収縮を繰り返し始める。

「この孔に入れてほしいか?」

ユーリの咽喉が期待に鳴った。

突き入れられ、むちゃくちゃに動かされる激しい快楽を待ち望んでいる。

どうしても言葉で告げることが出来ない代わりに、ユーリはおずおずと脚を開く。

もっと恥ずかしい奥の場所まで、ジークに晒してしまう…。

「たっぷりと…俺を味わわせてやる」

きゅっ、と目を閉じて耐える表情を作るユーリの蕾に、ジークは屹立《きつりつ》をあてがうと、一気に腰を進めた。

「あぅっ…!」

「…全部入った」

わざと聞かせるように、ジークが言った。

「気持ちがいいだろう?」

ほくそえむ気配が伝わる。

「これを、お前の中で動かしてやろうか? 激しく揺すったらお前はどうなるんだ?」

「あっ…あっ」

甘い声…。感じている声だ。

聞かれてしまう。けれど、どうしても押し殺すことはできない。自分に忠実につき従う人間がいるそばで、抱かれているのだ。

臣下に、自分の淫らな姿を知られてしまう…。幼い頃からずっと守ってくれていた人に。

胸の尖りをいじられる。痛くなるほど、執拗にそこを苛められた。

その間も、ずっぽりと突き刺さった剛直は、後孔を緩く突いている。

肉襞を割り開き、卑猥な音が響く。秘孔を勃起しきった男根で犯される。

嫌になるくらい快楽に上り詰めさせられる。

「うまそうな音を立ててるな」

どんなにはしたない格好をしているか、ジークは告げる。

わざと、聞かせるように。なのに、恥ずかしい言葉で煽られるほど、ユーリの身体は敏感になり、深い快楽を得る。肉棒がずるずると出入りし、中を掻き回すたび、秘孔はぐちゅぐちゅと淫らな音を立てた。繋がっていることを知らせる接合音が響く。男根を受け入れていることを知られてしまう。誤魔化すことはできない。

「あぅっ…あ、ああっ…あっ」

男根を突きたてられて、自分の身体は…感じる。

とっくに後ろで達くことを覚えた淫らな身体は、自ら腰を揺らめかせ、受け入れた部分を収縮させ、ジークの男根を締め付ける。

「あっ、あ、あっ」

素直に声を上げれば、ご褒美のように性器を愛撫された。溢れた蜜で、性器は蕩けそうになっていた。恥ずかしい音を立てながら、ユーリの後孔は男を貪りしゃぶっている。

これ以上ないくらい、窄まりは大きく広がっていた。ジークの形を肉壁で感じる。快楽のあまり頭が真っ白になり、こらえ切れない嗚咽を洩らす。

感じすぎて…苦しい。ジークは猛りきった男根を引き抜くと、達する寸前のユーリの肉茎の根元を、指で輪を作り締め上げた。

「あぅ…っ」

下肢に痛みと、強烈な疼きが走った。

「もし、国を、従者を助けてほしければ、どうやってねだればいいんだ？」

自ら…ユーリがねだる言葉を言わなければ、どうあってもジークは自分を許す気はないようだった。

熱くなりすぎた身体は、限界を訴えている。

「…どうか。お慈悲《じひ》を。私の…ここに」

プライドを明け渡す瞬間、泣きそうになった。

ジークに従い、快楽を与え、隷属を誓うことで、国を守ってもらう。

やっとの思いで告げれば、ジークは再び楔を根元まで埋め込む。

「ああっ…！」

望んだものが与えられた満足感に、ユーリは咽喉を仰け反らせた。

ユーリが鳴き声を上げるたび、後孔への男根の出し入れが激しくなる。滑る内壁を男根が擦り上げる音が、とてつもなく淫靡だ。容赦なく中を掻き回され、感じ過ぎた身体は苦しいほどだ。体内を抉られる快感は強烈で、剛直が抜き差しされるたびに深い快楽をもたらした。ぎっちりと隙間なく男根がはめられ、激しく出し入れされる。

泣き濡れた…薄茶の瞳が揺らめき、長い睫毛に雫が掛かる。

夜露に濡れ、月の光に照らされた花のようだ。だからこそ、…淫らな言葉を吐かせて、恥辱にまみれさせてみたくなる。

快楽の淵に貶め、…思う存分泣かせて、懇願する様を見てみたいと思わせる。

透き通るような肌に散る淫らな痕が生々しい。

「恥ずかしい奴だな。男に入れられて、ここをこんなに…勃たせて」

繊細な作りの顔が苦悶に歪む。激しすぎる快感に、気が遠くなりそうだった。

「奴隷ならば奴隷らしく、俺に懇願しろよ」

低い声から怒りが拭われることはなく、ジークの言葉には一片の容赦もない。

ユーリは口を開いた。

「お願い…します。達かせて…ください…」

耐えるほど、目元は官能に染まり、潤んだ瞳が泣きそうにゆがみ、男の欲情をたまらなく煽る。

「俺なしではいられないようにしてやる。俺から…逃げられないように」

逃げられないように監禁され、好きな時に身体を開かれる。

そこにユーリの意志は存在しない。

苦い呟きを聞きながら、ユーリは意識を手放した。


涙が…止まらない。

傷つきながら、ユーリはシーツを熱く濡らした。

昨晩の行為をユーリは覚えている。自分が夢心地でねだった言葉も、何もかも。

(本当に、夢ならば、よかったのに)

ベッドに横たわったまま、ユーリはシーツを巻きつけた。小さく身を丸めたまま、身動きもしない。さすがに…いつもと違い、深く傷ついた様子を隠さずにいれば、ジークはそれ以上、ユーリを苛もうとはしなかった。

「ユーリ」

「……」

何も言わず、背を向けたままのユーリの背後で、ジークが溜め息をついた。

「多分、お前は」

ジークは言った。

「俺に抱かれなくてもいつかは、ブリスデンを始め、誰かに…抱かれることになっていただろう」

「…」

返事をしないユーリに、ジークは言い聞かせるように続ける。

自分のような小国は、昔から…外交手段として、大国に身を差し出すことで、独立を守ってもらっていた背景がある。昔、ブリスデンの国王のハインツの元に行くと、ジークに告げて驚かせたこともあった。

「…俺ならば、お前の国を守ってやれる。お前の相手として、お前の国にとって、不都合はないはずだ」

ジークがユーリを抱くのは、当然のことのように…ジークが告げる。

利益をちらつかせながら、諭すように言うジークに、反発する気持ちが込み上げる。

脅迫したくせに。

悔しかった。悲しくてたまらなくて、ユーリは言った。

「…あなたが…私の国に、一番利益をもたらす相手でしょうね」

震える気持ちを抑え付け、必死で声を紡ぐ。

昔の…本来の自分が頭をもたげる。ジークに対して、いつも強気で出ていた、あの頃に。

「…人質をどう扱ってもあなたの自由です。好きに、すればいい」

反骨心を交えて、自嘲気味にユーリは言った。

ジークが自分に告げた言葉を詰るように、ユーリはわざとその言葉を使った。

自分で自分の扱いを貶める言葉を使いながら、胸が抉られたようになる。

「どうせ誰かに抱かれることになるのならば、誰でも。その代わり、約束は守ってください。アルフのことは…助けてくれるんですよね？」

誰でもいいわけじゃない。でも。

きっぱりと告げれば、背後から回されていたジークの腕の力が緩む。

…離れていく。

「そんなに、ここにいるのは嫌か？」

苦い…痛みすら感じさせる声で、ジークが声を引き絞る。

（…え？）

ジークが洩らした声に、不思議と、傷ついた色が混ざる気がして、ユーリは驚く。

背後でジークが、寝台から身を起こす。手早く着衣を整える気配が窺えた。

そしてそのまま、寝台に戻ることはなかった。


何も言わずに出て行ってしまったジークに、ユーリは戸惑いを覚える。

あれほど酷く苛んだのに、あんな…言葉で詰った自分を、咎めるだろうと覚悟すらしていたのに。きっと、また…手酷く抱くだろうと。

あっさりと解放されるとは思わなかったけれど、咎める言葉を投げつけるでもなく、静かに…部屋を出て行ってしまったジークの態度が、逆に深い怒りを表しているような気がした。

（いや…）

怒りよりも、傷ついたような、そんな気配だった。

（どうして…？）

ジークが傷つくことなど、あるわけがない。ここに、自分を捕らえてからずっと、好きなとき、好きなように自分の身体を開く、あの男が。

自分の…言葉になど、傷つく、わけが。

いや、一度だけ。自分は…昔、ジークを傷つけた。

誓いを破った時に。

ジークと入れ替わりに、従者が居間に入ってきた。

食事を並べる彼に促され、ユーリは身を起こすと、居間へと向かった。

けれど、食欲がわくはずもなく。

「ユーリ様、本当にもう下げてよろしいのですか？」

ほとんど口もつけていない食事の皿を見ながら、従者が眉をひそめる。

ジークの元を逃亡しようとして、ユーリは手酷い制裁を受けた。

身も心も引き裂かれるように、抱かれた。ただでさえ華奢で、透明感のある滑らかな肌が透き通るようになり、儚《はかな》げな危うさをたたえていた。

「…はい」

「お口に合いませんか？　お国の料理を作らせましょうか？」

気の毒そうに従者が眉を寄せながら、優しげに申し出る。

「ごめんなさい、心配を掛けて。でも、大丈夫だから」

従者は最初からユーリに同情的だった。落ち度があったと彼が責められる様なことがあってはならない。親切な彼を安心させるように微笑むが、その笑みは弱々しかった。

従者は皿を下げながら、最後まで心配そうにユーリの様子を窺っていた。

ユーリは窓のそばの椅子に移動すると、肘掛けにもたれる。

肘をつきながら、視線を外へと向ける。ユーリの部屋からは、切り立った山々の尾根が見える。断崖には薔薇が咲いていた。人間の手に入りにくい位置にしか咲かない、高慢な印象を与えるその薔薇は、ローゼンブルグの国花だ。

手元には本があるが、表紙は開いたものの、それからページが進むことはない。目は文字を追うだけで、内容はちっとも頭に入ってはこない。

外に出られないユーリのために、少しでも慰めになるようにと、従者が運んでくれたものだった。

自分が…たとえ小国で、ジークの睨みに吹けば飛ぶような国だったとしても、自分の身の回りを世話する人々は軽んじるような扱いはしない。

食事も、この国に訪れた最初から、栄養が考えられたきちんとしたものだったし、室内の調度品も立派で、しかも隅々まで清掃が行き届いている。

ユーリが望む物があれば、すぐに叶えようという意気込みすら感じた。

頂点に立つものが、もしユーリを軽く扱うような態度であれば、どうしても臣下の仕事はそれに倣《なら》う。臣下には一切、ユーリを軽んじるような態度はなく、閉じ込められている以外は、この城での生活は悪いものではなかった。

従者達の仕事には、ユーリを心から大切にしようとする気持ちが感じられた。それが…ジークの指示によるものなのかはわからない。でも、彼らの仕事ぶりを見るにつけ、ジークに対する忠誠心の深さを感じる。それは、ジーク本人の人徳であり、魅力だ。ジークは黙って立っているだけでも、人を惹き付ける…。

多分、自分も。

出会った頃、最初は自分の領域に不躾に踏み込んできたジークを、ユーリは何度も邪険に扱った。けれど、追い払っても追い払っても、ジークは自分の元にやって来た。

そのうちに、根負けして、ユーリはジークの存在を受け入れた。

ジークには何をしても許してしまいたくなるような、天性の魅力があった。一見我儘《わがまま》にも見えるけれど、ユーリが本当に嫌がることは絶対にしなかった。無理やり訪れたといっても、ユーリが許可を与えるまで寝台に潜り込みはしなかったし…きちんとユーリの気持ちも、考えてくれていた。

次第にユーリもジークの訪れを楽しみに待つようになり、そして。

最初で最後の、キス。

思い出せば…熱い記憶が蘇る。

唇が、震える。記憶の底に沈んでいるのは、いつも幸せな…記憶で。

淡い記憶は、いつも花の香りのように甘く。

薔薇の香りは幸せな気持ちと、切なくて甘い痛みを、思い出させる。

ジークが離宮に閉じ込められている自分を訪ねてきていたといっても、制約がある以上、そう頻繁に来られるものではなかった。けれど今は、同じ城の中にいる。

毎日のように顔を合わせてもいる。でも、あまり会えなかった昔のほうがずっと、ジークを近い存在に感じられた。

今は…。身体を開かれても、誓いの口づけはもう、与えられることはない。

自分たちの関係は、許されるものではない。

いつもただ、ユーリの現在の立場を思い知らせるように、抱く…。

会いたくなかった。二度と、会わないと思った。それは。本当は。

会ってしまえば…抑えつけた気持ちが、蘇るのが怖かったから。

「食事をほとんど残したそうだな」

物思いにふけっていると、一日の公務を終えてからしか姿を現さない男が、珍しく日中にユーリの元を訪れた。

ユーリの胸がドキリと鳴った。

「…こうして、閉じ込められていては食欲もなくなります」

ジークと目を合わせず、椅子に座ったままで、ユーリは言った。皮肉げに言うユーリの態度を見下ろしながら、ジークは片眉をそびやかす。

「食事もしないで何を見ていた?」

閉じ込められてからずっと、ユーリは外を眺めることが多くなった。

ぼんやりと外を見つめるユーリの視線の先を、ジークは探ろうとする。

「…別に、…何も」

ユーリは首を振った。

外敵の侵入を防ぐかのように、ユーリの部屋の外は切り立った断崖と、山々の尾根が続く。見えるものといえば、うっそうと茂る常緑樹の葉と、雄大な自然だ。

この景色を見慣れた者にとっては、取り立てて面白いものでもない。

誰も、気づかないだろう。崖に薔薇が根を生やしていることなど。

ジークもちらりと目を走らせたものの、代わり映えのない景色に、すぐに室内に視線を戻す。

「お前が食事を抜けば、お前を取り戻しに来た従者の食事も抜くぜ?」

「なっ…」

ユーリは驚いてジークを見上げる。

「お前を満足させる料理が作れなかったと言って、料理長を咎めてやってもいい。世話をしている従者も、お前の気分を損ねたと咎められるだろうな」

今朝の料理も様々な試行が重ねられていた。何とかして喜んで食べてもらおうという、料理長の気概が感じられる。

親切で、誰にでも好かれそうな、可愛らしい従者の姿が目に浮かんだ。

自分のせいで、親切な彼らを悲しませるような真似はしたくない。

「そんな…酷い」

「嫌ならば食えばいい」

抗議のあまり目を険しくさせれば、ジークにぴしゃりと撥ね付けられる。

「今から食事を運ばせる。もし残せば、彼らに責任を取らせるからな」

言い置くと、ジークは部屋を出て行ってしまう。

入れ替わりに、従者が皿を運んでくる。テーブルに皿が置かれ、改めて食事の支度が整えられた。

「ユーリ様。どうぞお席に」

支度が整うと、従者がユーリを呼んだ。

綺麗な器に、少しずつ、色とりどりの食材が品よく並べられていた。大げさな盛り付けは、見るだけで食欲を減退させることもあるが、少量ならば、口をつけようという気を起こさせる。

「ありがとう。…いただきます」

ユーリがやっと温かい湯気の立つスープに口をつければ、従者は嬉しそうに微笑んだ。

すぐに全部たいらげるというわけにはいかないものの、ほとんど口もつけなかった今朝に比べれば、多少は進歩した食欲に、従者は安堵のため息を洩らした。

皿を片付け、食後の紅茶にユーリの好みの量のミルクを垂らしながら、従者は言った。

「陛下が、少しずつならば、お好みのものもあるのではないかとおっしゃっていましたが、召し上がることができてよかったです」

「ジークが？」

まさか、そんなことを。

ユーリは驚く。自分の食事を、わざわざ従者に指示したのだろうか。不審気に聞けば、従者はジークを庇うように言った。

「ユーリ様はただでさえ食が細い上に、華奢な体躯でいらっしゃるから。陛下はずい分心配されていましたよ。厨房にまで来てお食事の指図をされるのは、お立場上、めったにないことです」

脅迫して、無理やり食べさせた…くせに。

けれど、従者はまるで、ジークがユーリの体調を気遣い、大切なものを扱っているかのような口ぶりで告げる。

従者が嘘をつくとは思えない。

どうして…。

困惑してしまう。再会してからいつもジークが自分に向けるのは、冷たい態度と、苛む言葉ばかりだ。あのジークが、自分の体調を気遣う真似をするなど、到底思えなかった。

深く考え込む素振りを見せて、黙ってしまったユーリの邪魔をしないように、従者が音を立てずにそっと室内を出て行く。

考えても混乱するばかりで、答えは得られない。

結局、そのまま日は陰り、室内に薄闇が訪れる。

闇が深くなるほど、月は高く昇っていく。月の光の雫が甘く滴り、窓際に座るユーリの頬を照らす。月の満ちる夜が、花祭りの晩だ。それはもう間もなくやってくる。

月の光の雫を映し出したユーリの瞳は、金色に潤む。

吸い込まれそうになるほど、…綺麗だった。白く照らされた頬も。

触れるのがためらわれるほど。

崖にしか咲かない、高貴で手に入りにくい高慢な薔薇は、夜露に濡れても頭を垂れることはなく、真っ直ぐ月に向かって咲き誇る。いつも自分が眺めている薔薇は、温室ではなく過酷な環境でも生きられる強さを持っている。

その強さに、憧れてもいた。自分はまるで、温室のような場所に閉じ込められたまま、外気にすら触れられなければ息も詰まる。

肌寒いのに窓を開けていれば、公務を終えてやってきたジークに早速咎められた。

「また…倒れるつもりか?」

ユーリの前で窓が閉められる。背後から首筋に、冷え切ったユーリの身体を温めるように腕が回される。昔、窓辺でうたた寝をして、ユーリは体調を崩し、しばらくの間寝込んだ。

「俺が、温めてやる」

言いながら、回された腕に力がこもる。

「…ジーク」

ジークの言う「温める」の意味は、抱き締めて肌を合わせ体温を与え合う、ただ、それだけではもうすまされない。

今は、抱き締めるだけではなく、その腕には欲が混ざる。

昔は、一緒の寝台に身を横たえていても、肌が火照るような感覚と、落ち着かない気持ちなど、沸かなかったというのに。

ユーリの考えを見透かしたように、ジークが言う。

「俺があなたと同じベッドに入って、何を考えていたか、…知らないだろう」

ドキリとした。

まさか、少年のあの頃から。自分の隣に身を横たえながら、邪《よこしま》な考えを抱いていたというのだろうか。安心して眠りについていたのは、自分だけで。

「来い」

ジークに促され、椅子を立つ。立ち上がれば、圧倒的な体格差を感じる。

昔、自分が体調を崩した時、心配して足元で眠っていた少年は今、見上げなければならないほどに背は高く、肩幅も逞しくなった。

その人の広い胸に、自分は顔を埋めている。

もう抱き締めることもできない。

寝室へ誘《いざな》われて、着衣を解かれた時、ジークの袖口に、乾いた泥がこびりついているのに気づいた。

寝台に横たえられ、ジークの手のひらが頬を包み込む。その時、ささくれだった感触が肌に触れ、ユーリは慌ててジークの手のひらを取る。

よく見れば、手のひらには無数の傷があった。

「どうかした？　これは」

ジークの身分を考えれば、泥がつくような場面も、傷を付ける状況もあるとは思えず、不自然さにユーリは眉をひそめる。

「別に。お前が気にすることはない」

日中、ユーリが返答を拒絶した態度そのままに、今度はジークに撥ねつけられる。

気になったものの、それ以上訊ねることはできない。ジークは、触れれば我慢できないと言いたげに、ユーリの肌を早急に暴いていく。

「…あっ…ぁ…」

その日も、明け方、夜が白んでくるまで、ユーリの甘く密《ひそ》やかな吐息は、室内から途切れることはなかった。

明け方、やっと解放されて…行為が終わっても、身体に絡みつくように回されたジークの腕を外すと、ユーリは上体を起こす。

「ん…」

ユーリが起き出す気配に気づいたのか、ジークが軽く吐息を洩らす。

広い胸に抱かれたまま眠るのは、慣れない。落ち着かなくて、ジークが起きる前に胸元から抜け出すと、ユーリはローブを身につける。

いつもの自分の場所…窓際へと自然と足が向く。

外の様子を窺えば、夜が明けるにはまだ早い。

ジークの寝室に呼び出されて抱かれ、いつもユーリは明け方、人目を憚るように、与えられた自室へと戻る。

でも今日は、ジークは自分の元へと自らやってきた。

逃げ帰ることもできずに、明け方までどう時間を過ごそうかと思えば、ふと、椅子の上に横たわる存在に気づく。

（これは……）

そっと手に取ると、月の光にかざした。綺麗で、一目で心を奪われるような美しい薔薇だった。めったに手に入らない貴重なその品種は、自分の国の国花の…。

背後で、ジークが寝台から降りる気配がした。

明け方、今度はジークが自室へと戻る。

ジークは簡単に着衣を整えた姿でユーリの隣に立つと、その手の中のものに視線を落とした。

昨晩、この部屋に入ったのは、ジークただ一人だ。

この薔薇を椅子の上に置くことができたのは、ジークしかいない。

（まさか……）

自分の、ために？

薔薇を置いたのだろうか。ジークがそんな真似をするとは思えないと、あえて否定しようとして思い出すのは…袖口にこびり付いた泥と、手のひらの無数のひっかき傷。

臣下に命令し、取りに行かせたのではなく、あえて自ら崖によじ登るような危険を冒して、手折りに行ったのだろうか。

足場の悪い場所に足を掛け、踏み外せば…命が危ういとも限らないのに。

思い出すのは、自分のために医者を呼びに行って…生死の境をさまよった昔の出来事。

ユーリのためならば、自分の命を懸けることさえ、いとわない。

こんなふうに、身体を傷だらけにして…。

自分の罪深さを、思い知らされる。ジークを、自分のために犠牲にしたくはなかった。

だから…離れた。

「どうして、…こんな真似を?」

言いながら、言葉が詰まる。昔から、ずっと。ジークは…自分の…ために。

いつか己を犠牲にしてしまうのではと、それだけが、怖かった。

自分のために傷つく彼を見たくはなかったから。

許されぬ想いだから。どうせ実ることのない想いならば、最初から…離れたほうがいいと…思ったから。

どうして…今さら。

言えない。絶対に告げられない想いを、ユーリは認めてしまう。

「こんなふうに枝を折るなんて…馬鹿なことを。手折らなければ長く咲いていただろうに。これでは根はつかないだろう」

咎めるときは、思わず昔の口調に戻ってしまう。けれど、ジークに気にした素振りは見られない。

言いながら、胸がズキリと痛んだ。自分の言葉が、胸を苦しくさせる。

「お前がずっと見ていたからだ。いらなければ、捨てろ」

そう言い置くと、ジークは部屋を出て行った。

一人部屋に残されたまま、ユーリは手の中の薔薇を握り締める。

傷ついた胸が、いつまでも熱く疼いた。


朝から、幾度となく溜め息をつく。

傷だらけの手のひらが…脳裏を離れない。外見も、体軀も変わってしまったけれど、もしかしたら、ジーク本来の優《やさ》しい性質は変わっていないのではないかと期待する気持ちが浮かび、そのたびにユーリは否定する。自分を、閉じ込めるくせに。じっと見つめていたからと、慰めるかのように、薔薇を手折ってきたりして。

何でも、手に入れてくれる。自分が欲しいと…望めば。

昔、自分を訪れたときに、手に持っていた…古ぼけた手に入りにくい本。

雨が降っていても、濡らさずに、大切に抱えて持ってきてくれて。

ユーリは小さく首を振った。そんなことが、あるわけがない。

結局、捨てろと言われた薔薇は…。

ユーリは手元の本を閉じる。

キャビネットの上に置かれた優美なフォルムを描く時計を見れば、時刻は深夜に近い。もう今日の呼び出しはないと、ユーリが立ち上がり、寝室へと向かおうとした時だった。

カタンと音がして、ジークが姿を現す。

正装をしているところからして、何か重要な会議でもあったのだろうか。

ジークが即位してから、ライフェンシュタインは経済成長が著しい。

その要因と手腕《しゅわん》を見習おうと、ローゼンブルグの大臣たちは、何度もライフェンシュタインを訪れた。そこで気づいたのは、一時的な経済上の利益を得るために企業を優遇したり、税率を引き下げたり、そんな小手先の技を政策として取ることではなく、将来を見据えて、次の世代を担う人材の育成に力を入れる政策だった。人を何より大切にする考え方に、目の前の利益を優先する方針を取ろうとしていた大臣の内の一人は、考えを改めさせられたという。

まだ皇太子になったばかりで、公務をほとんど行っていない自分とは違う。ジークは責任も立場からくる重圧も、桁違いに大きい。けれど、どんなに忙しくても、ユーリの前では一切疲れた素振りは見せない。大変さを洩らすこともなかった。

ジークの強靭《きょうじん》なほどの意思の強さと能力には、ユーリも素直に感嘆を覚える。

「今日は、遅かったんですね」

「ああ」

ジークは部屋を見回すと、窓際の花瓶に差された花を、目敏《めざと》く見つける。

白と淡いオレンジと、優しげな色を基調にしたアレンジの隅に、一輪だけ違和感を放つように、大輪の赤がある。

「捨てなかったのか？」

迷惑がった表情を見せたけれど、どうしても、それはできなかった。

たとえ、金の鎖で繋がれるような扱いを受けていても。

花に罪はない。そう、自分を言い聞かせた。

「花が…可哀想だっただけです」

言い訳がましい口調で告げれば、ジークは珍しく、ふ…っ、と表情を和らげた。

ユーリの腰に手を回し、華奢な身体をすくい取る。

「昔はよく捨てていただろう?」

一度だけ見られた行為を、ジークは覚えていて、からかうように言う。

「人を、冷酷な人間のように言わないでください」

冷酷な人間、と言えば、ジークの片眉が上がる。

ジークを手酷く撥ね付けた時、ジークは自分を、冷たい人と呼んだ。

綺麗に咲く薔薇を捨てるよりもずっと、残酷なことをした。

今でも、多分ジークは自分のことを、誰よりも冷たい人間だと思っている。

「本当のことだろう?」

ジークは詰った。

「それは…っ」

思わず否定しようとして、口ごもる。

本当のことは、言えない。否定できる材料も、何もない。

素に戻ったようなむっとした表情になれば、ジークはそんな自分を、面白そうに見つめている。

「昔からいつも取り澄まして…他の男から贈られた薔薇を捨てていた。そんな冷たいお前を泣かせることができるのは、抱いている時だけだ」

官能を送り込むように、背に回った腕が肌の上を滑り出す。

「熱い吐息を上げさせることができるのも」

ジークが耳元で囁く。

淫らな囁きとともに吐息を吹き込まれ、ユーリの下肢が熱く疼いた。

「…ぁ」

すぐにいつも、吐息を上げさせられてしまう。

大人の男の巧みなやり方に、膝が砕けてしまいそうになる。

「昔は…私よりも小さかったのに」

ジークを詰るように、ユーリも呟く。

抱き締められれば、広い胸に身体がすっぽりと埋まりそうになる。

もう自分の知るジークはいないのだと思えば、切なさが込み上げた。

昔に囚われたまま、呟くユーリを見下ろしながら、ジークの抱き締める腕の力が強くなる。まるで、昔とは違うと、わからせるように。

ジークの胸元に顔を埋めながら、ユーリはそっと長い睫毛を伏せた。

「今はこうして…お前を抱き締めることもできる」

昔と違う、成長した大人の男の骨ばった指先を、背に感じる。

力で押さえ付けられたら、もう敵わない。

何度抵抗しても、逃げられなかった。

ユーリも昔とは違う。昔よりもずっと艶めいて、潤んだ蜜色の瞳に見つめられれば、誰でも落ち着かない気持ちを味わわされる。変わらないのは、気高さすら感じる気品と、…男を知っているとは思えない清楚な気配。この世に繋ぎとめておくことが困難と思わせるほどの美しさは、いつでも逃げていきそうで、手に入れた男に、安息は訪れない。

いつからか、ユーリはジークの前では笑顔を見せることがなくなった。

そのことが目の前の男を追い詰めていることを、ユーリは知らない。


激しすぎるジークの苛みに、起き上がることもできず、いつもならば侍女が訪れる前に部屋に戻るのに、その日ばかりは朝が来てもユーリはジークの寝台の上にいた。

寝室の外には居間が繋がる。

「ですが…陛下…」

「駄目だ」

話し声が聞こえた。

窓の外はまだ薄暗い。

誰かが訪ねてきたらしい。明け方、憚るように話す内容に、ユーリは耳をそばだてる。

洩れ聞こえる呼びかけから、訪れた人間は、大臣だということを知る。

「なかなかユーリ様をお返しにならないことで、ローゼンブルグはブリスデンに交渉を頼んだようです。ブリスデンのハインツ国王は有能な方です。彼が間に入れば、わが国も色々と面倒なことになります。ブリスデン相手に無益な諍《いさか》いを起こすことは得策ではありません。どうかユーリ様をローゼンブルグにお返しください。いつまでも体調が悪いとおっしゃっても、国に帰れば治るかもしれませんよ」

ユーリの存在を、まるで邪魔者のように大臣は言い放つ。

国を思っての臣下の進言が、ユーリの胸に突き刺さる。

ジークの返答は聞こえない。会話は引き絞られ、それ以上ユーリの元に声は届かない。

しばらくして、ガウンを羽織ったジークが寝室に戻る。

寝台の上に身を起こしたユーリに、ジークは驚いたように軽く肩を跳ね上げた。

「…起きていたのか」

声には気まずそうな気配があった。

「今の話を…聞きました。私がいれば迷惑になるのでしょう？　ローゼンブルグに…」

帰るという前に、ジークはユーリの言葉を遮った。

「それは駄目だ」

すぐにきっぱりと撥ねつけられる。

ジークの立場が悪くなるだけなのに。

ユーリは困惑してしまう。人質としていいように扱いながら、自分の利用価値はそれしかないと告げるのに、なぜ、不利益をもたらすような自分を、国に留め置くのか。

「どうして？　ブリスデンと無益な諍いはしないほうがいいでしょう？　私を返せばいいだけなのに？」

このまま自分を城に留め置いても、ジークにとって有益なことは一つもない。

それどころか、有害ですらある。

いつも。自分の…存在は。

ジークが怪我をした時に、訪れた大使の言葉が脳裏を過ぎる。

だから、自分は…ジークの元を離れたのに。迷惑になりたくなかったから。

「何があってもお前だけは手放さない」

（っ…！）

ユーリの胸が震える。

言い切ったジークは険しい表情をしていた。そして、ガウンを翻して、出て行った。

「ジーク…っ」

引きとめようとした腕は、むなしく空を掴む。

瞳を切なげに歪めながら、ジークの出て行った扉を、ユーリはいつまでも見つめることしかできなかった。


しばらくして、ユーリは与えられた自室へと戻った。

最高級の質の衣服が用意されている。居間には温かいお茶が用意されていた。

寝室で長いガウンを脱ぎ、着替えている間に、従者がお茶を注ぐ。

ここに来た当初は…従者は着替えを手伝おうとしたものだったが、ユーリは自分の国の慣習を盾に断った。この時ほど、王族は人前では肌を晒さないといった習慣を、ありがたいと思ったことはなかった。

シャツに袖を通しながら、肌に視線を落とせば、あますところなく朱が散っている。改めて、ジークの激しさを思い知らされる。

こんな…淫らな身体を、他人に見られたくはない。おまけに…足首に巻きついた枷が、しゃらしゃら…と繊細な音を立てている。

胸を、苦しくさせる。

「お前だけは手放さない」と、そう言われた。

縁日の店の前で、「俺だけのものだ」とも。

酷い扱いをするくせに、そう言った時のジークは、昔のままの彼のような…気がした。

どうして。あんな酷い言葉を言って傷つけたのに。

薔薇を贈ってくれたり、執着…したり。

許されない立場だから、諦めようと思ったのに、会えば惹かれてしまいそうになるから、会わないほうがいいと…思って…。離れたのに、認めた気持ちが溢れて、たまらなくなる。

「ユーリ様?　どうかなさいましたか?」

しばらくの間、じっと足首の鎖を眺めながら佇んでいると、なかなか居間に現れないユーリを心配して、従者が扉の外から声を掛ける。

「いえ…何でもありません」

ユーリは鎖から目を逸らすと、ローブを羽織った。

席に着くと、従者が紅茶にミルクを垂らしてくれる。彼は、いつも通り優しげな微笑みを向けるけれど、ユーリと目が合うと、困ったような顔をして、気まずげに目を逸らす。

「ユーリ様。今日のお茶の時間には、料理長が腕を振るうと申しておりました」

「そう…ありがとう」

「い、いえ」

彼の親切な態度は変わらない。でも、時折複雑な表情を見せ、黙り込む。彼の意思ではないものの間で、板ばさみになって困り切っているような、そんな気配が窺えた。

もしかしたら、今朝の大臣に、何か言い含められているのだろうか。だとすれば、納得できる。彼はいくら親切だといっても、ライフェンシュタインの人間だ。

自分の国に有害な人物を留め置くこの状況が、歓迎すべきものではないことを、理解しているだろう。

ユーリは思い切って口を開いた。

「あの…私がいることで、ジークが微妙な立場にさらされていると聞きました」

従者ははっと顔を強張らせた。

やはり、事情は知っているらしい。

ユーリは言った。昔から、自分の存在は、ジークに迷惑ばかり…掛ける。

「私を…帰せばすむことだと聞きました。どうか、今朝、ジークの元に来た大臣に、連絡を取ってくれませんか？」

「ですが…」

従者が言いよどむ。どうしていいかわからず、困り切ったように眉根を寄せる。

「彼なら、多分、ここから私を出すことも可能でしょう。お願いします。あなたも、ジークを窮地に追い込みたくはないでしょう？　ジークばかりか、他の人にまで迷惑がかかる。私がここにいることを歓迎する人は、この国には誰もいません。どうか…」

一度、自分はこの国から出ることを、失敗している。その時は手酷い制裁を受けた。けれど、今度は大臣や周囲の人間の全員が、自分がこの国に滞在することを歓迎してはいないのだ。以前とは状況も、得られる協力者も、違う。

悩んだ末の結論だった。一歩も引かないユーリの様子に、従者は渋々といった様子で頷いた。

「わかり…ました。大臣に連絡を取ってみます」

それからほどなくして、彼は戻ってきた。

「本日、日が沈む前に、大臣が迎えに参ります。国王様のスケジュールは熟知しております」

「…そう」

ユーリの咽喉が緊張に鳴った。

「ユーリ様…」

従者は言った。

「あの、僕は、あなた様がこの国にいらっしゃることを、邪魔だと思ったことはありません」

優しい子だと、ユーリは思った。

この子ならば、自分の願いも、聞いてくれるかもしれない…。

「最後に…一つだけ」

「なんですか?」

「薔薇を…一輪だけ、用意していただけますか?」

従者の少年は、多分この意味を、知らない。

それから本当に、黄昏を待たずに大臣自らが、ユーリを迎えに現れた。

「ユーリ様。お待たせいたしました。すべて用意は整っております。お付きの武官殿も外で待たせてあります」

「…はい」

「あの…これを」

従者の少年がユーリに薔薇を手渡す。

大臣は不思議そうな目をして、彼の行為を見ていた。

「お急ぎください。早く…こちらへ」

「すぐ行きますから、少しだけ、待ってください」

ユーリは告げると、室内に引き返す。

背後で焦れたように待つ大臣に気づかれぬよう、花弁に唇を触れさせると、自分がいつもいた長椅子の上にそれを落とした。

多分この部屋を出れば、自分は…二度とジークには会えない。

胸を彼との想い出が過ぎる。

『俺、絶対いい男になると思うけどな』

『生意気なことを』

ユーリは馬鹿にしたように告げたけれど、本当に、いい男になった。

あんなに会いたくなかったのに、目が逸らせなくなるほど。

年上をからかうものじゃないと邪険な表情を向ければ、少しだけ寂しそうな表情を見せた。

からかわれているのだと、思っていた。ずっと。

じっと見つめられれば、怖いとも思った。それは。

自分こそが。惹かれるのが…怖かったのだ。

彼の執着も。

許されぬ想いなのに、惹かれてしまえば、…つらすぎるから。

好きだったのは自分。最初から。出会った時から。

初めて会った夜に、多分、…恋に落ちた。

認めるのが怖かっただけで。

こんな、別れる時にだけしか、告げられないなんて。

しかも、言葉に出して言うのは…許されない。

最後に。心の中でだけ、ユーリは呟く。

(あなたが、…好きです)

胸に、突き刺さるような痛みが走った。

唇への誓いは、…もうない。

最初で最後の口づけは、昔の思い出の中に封印されてしまった。

告げられない誓いを…あなたに。

「お待たせしました」

促されて、ユーリは扉の外へと足を踏み出す。それきり、二度と部屋を振り返ることはない。

「ユーリ様。お早く…こちらへ」

「…はい」

甘く涼しげな残り香だけを置いて、ユーリは部屋を後にした。

黄昏を、待たずに。


花々の甘い芳香が漂い、花祭りの名残を知らせる。

戻ってきたのだ。自分の国に。

花祭りは、昨夜、終ってしまった。ずっと閉じ込められていたから、時間の感覚を忘れていたけれども。花祭りが昨夜の晩だったと知ったのは、今朝のことだ。

祖父に挨拶をすますと、アルフの計らいですぐに、ユーリは自室へと入った。

自室といっても、皇太子の宮殿は、父が亡くなってから移ったばかりだから、まだ慣れてはいない。さすがに国としての威信をかけた皇太子の宮殿は豪奢で、自室も贅が凝らされていた。即位してから落ち着く間もなくジークに囚われていたから、この部屋で過ごしたのはほんのわずかだ。

自分の部屋と言われても、物慣れない気分を味わう。

住み慣れたように感じるのは、ジークに与えられた場所かもしれない。

部屋に入るなり、アルフは寝台の用意を命じると、ユーリを押し込んだ。

「アルフ…公務が溜まっているだろう?」

「当分の間、皇太子としての公務は入れておりません。スケジュールの調整をさせていただきました」

戻ってからは過保護なほど、アルフはユーリの体調を気遣う。

「ただ…保安局長のヴォルフ様が、どうしてもということで、雫《しずく》様との面会を求められています」

父が亡くなった時に、自分に腹違いの弟がいることは遺言《ゆいごん》で知らされていた。ヴォルフが彼の教育係に当たっているらしい。アルフは渋っている様子だったが、見知らぬ国に連れてこられた雫の心細さを思えば、早く会って安心させてやりたかった。ヴォルフもそう考えているのだろう。

「会うよ。連れて来てくれる?」

雫は可愛らしい人だった。素直そうで、少し気が強そうで、そこがまた魅力的だ。いきなり王家の人間の立場を受け入れろと言われ、戸惑う雫に、ユーリは告げた。

「今ではそれが私の義務だと思っている。血税で養ってくれている国民には幸せになってもらいたい」

雫にそう言いながら、本当は、自分に言い聞かせるために言ったのかもしれない。国を捨ててまで、愛を貫いた兄は、一体どんな気持ちだったのだろう。

「早く、よくなってくださいね」

まだ本調子ではない自分に、雫は気遣う様子を見せた。

王族としての身分にとらわれることなく、雫には、幸せになってもらいたい。

心から…そう思った。王族としての立場に、犠牲になるのは自分だけでいい。


体調が回復するとすぐ、ブリスデンの国王、ハインツから呼び出しが掛かった。

自分がローゼンブルグに帰ることができたのも、ハインツのお陰だ。

いつかは礼を言わなければならないとわかってはいても、ハインツからの呼び出しに、ユーリは一瞬躊躇した。元々、ユーリがジークの元に行かなければならなかったのは、ブリスデンにだけ挨拶に行き、ジークをないがしろにしたと誤解されたからだ。

ジークの元を抜け出し、ブリスデンに行っては、また不興を被らないとも限らない。

それに、昔、ブリスデンの人質になると告げたとき、ジークは本気で心配してくれた。

あの時も、冗談でもそんなことを言わないでくれと言われた。

けれど、今、ユーリはブリスデンに赴いている。

ユーリはハインツを選んだのだと、ジークは思うかもしれない。

もとより、命令を破って彼の元を抜け出した時から、ジークは自分を許しはしないだろう。

もう、会わない。

そう望んだはずなのに、離れるほどに脳裏に浮かぶのは、ジークのことばかりだ。

ジークのためを思うならば、彼の元を去るのが一番よかったのだと、いつも思っていたのに。

「体調はもう大丈夫なのか?」

今、目の前には、ハインツがいる。

「はい。このたびは、ご尽力いただきありがとうございました」

「他人行儀な口をきくものじゃない。君が困っていると従者から聞いたから、私にできることをしたまでだ」

優しげにハインツが微笑む。華やかで落ち着いた印象を与える彼は、ジークとは対極の雰囲気を持つ。久しぶりに会うハインツは相変わらずの美丈夫で、落ち着いた大人の男だった。隣にいれば、ユーリはほっとして、穏やかな気持ちになれる。

「ここに、しばらく滞在すればいい。私なら、君を守ってあげられるよ」

穏やかだけれど、本質は鋭いハインツに言われ、ユーリの胸がドキリと鳴った。

自分を国に帰すように働きかけた時から、ある程度の事情は察していたのだろうが、面と向かって言われれば、自分がジークに抱かれていた…ことを暴かれたような気がして、いたたまれない気持ちに陥る。

「ライフェンシュタインの王は、君を大切にしてくれなかったのか？　昔、城を抜け出してまで、君に会いに来ていたようじゃないか。彼は」

昔、自分を慕ってくれていた瞳を、裏切ったのは…自分だ。

「子供の、幼い感情です。もう忘れていましたよ…彼は」

ユーリは言った。

言いながら遠い目をするユーリが、言葉を続けようとするのをハインツは遮る。

「すまない。つらいことを思い出させてしまったか？」

「え？」

「懐かしくて、いとおしげなものを見るような目をして彼のことは話す」

「そんな…ことは」

ハインツに指摘され、ユーリはうろたえた。

自分でも自覚がないうちに、そんな表情をしていたのだろうか。

「彼はどうやら、怒り狂っているようだ。私の元に使者が来た。もちろん、私の使者がすげなく追い返されたように、同じ仕打ちをしておいたが」

ユーリは息を呑んだ。

怒り狂っている。まだ自分に…執着が残っているのだろうか。

「ご迷惑をお掛けしているのではありませんか？」

不安げな表情をしながら、ユーリが本国に帰ると言い出す前に、ハインツは牽制《けんせい》する。

「大丈夫。私なら君を守れると言っただろう？」

優しくて、兄のようで、頼りがいのある人だった。

彼からは、ジークの隣にいて味わう落ち着かない気分は感じない。

ハインツがユーリを腕の中に閉じ込める。

「このまま、私のものにならないか？」

まさか、この人が？

ユーリは目を丸くする。今まで一度だって、そんな素振りを見せたことはなかった。

自分に欲を抱いているとは思えなかったけれど。

ハインツの顔が近づく。唇にキスが落とされそうになって…ユーリは顔を背けた。

ハインツは強要せず、行き場を失った唇はそのまま頬に、親愛のキスに名を変えて落とされる。

「…ごめんなさい」

ユーリはそっと目を伏せた。自分を助けてくれたというのに、どうしても、キス一つ…受け入れることができない。

唇が近づいた時、キスしてほしいと浮かんだ顔は…。

「かまわない。私はいつまでも待つよ」

ハインツはそう言うと、余裕のある大人の態度で、ユーリを腕の中から逃がす。

（どうしよう）

ユーリは唇を噛んだ。ハインツのそばは、安全だと思ったのに。

誤解ではすまなくなってしまう。

ジークにこれ以上、誤解されたくはないと思って…。

（どうして、今さら…）

彼に対する言い訳を考えているのかと、ユーリは自嘲する。

今さら、だ。今さら。

自分で逃げておいて。

一度目は誓いのキスを贈られたあと。そして二回目は花祭りの晩。

二度の裏切りを、ジークは許さないだろう。

ハインツは限りなく優しかった。けれど、周囲の目は違っていた。

召使いたちがわざと聞こえるように話していたのを、ユーリは聞いてしまった。

「あの方は…幼い頃、災厄をもたらすと言われて、離宮に閉じ込められていたとか」

「そんな方を、わが国に入れるのは反対です」

「今回もあの方のせいで、ハインツ様は多大な迷惑を被ったそうではないですか」

ジークの城に囚われていた時、自由もままならぬ身がつらかったけれど、従者の少年や料理長、自分を取り巻く人たちは決して冷たくはなかった。

けれど、この国で自分を取り巻く人々は、限りなく…冷たい。

朝に温かいお茶も用意されず、部屋の花は取り替えられなかった。

ここにも、いられない。どこからも、忌み嫌われ…疎まれる。

そんな自分を…助けてくれると言ってくれた人は、ジークだけだった。

けれど、もう…会えない。大切な思い出さえも、汚されて。

「…ジーク」

うつむきながら名前を呼べば、胸が塞がれる気持ちがした。

ふいに、鋭い悲鳴が聞こえたような気がして、ユーリははっと顔を上げる。

城内が、妙に騒がしい。

嫌な不安が胸を過ぎったその時、ハインツ自らユーリを呼びに来た。

「ちょっとね、物騒なことが起こってね」

顔を曇らせながら、ユーリは言われるままにハインツに言われた部屋の扉を開ける。

応接室の中央に、腕に傷を負った男が倒れていた。

長身に逞しい身体、黒髪に野性的な顔立ちは……。

「ジーク⁉」

悲鳴に近い声が、ユーリの咽喉から迸った。

意識はあるのだろう。ジークはユーリの呼びかけに反応すると、顔を上げる。

けれど額からは脂汗が滲み、酷く苦しそうだった。

「どうして⁉」

「護衛もつけずにいきなり私の宮殿を訪れるなんて、自殺行為にも等しい。仕方なく会ってやったが、いきなり拳を振り上げるから、私の護衛が少々手荒な真似をさせてもらった。この国にいる以上、相手が他国の国王だろうと私の護衛にとっては関係ない。私を傷つけようとするものは、容赦はしない」

どうして、こんな…護衛もつけずに乗り込む、なんて。

ユーリは驚きに目を見張る。

「まさかこんなに早く来るとはね。ユーリを私のものにする。もう、ユーリは返さないと言ってやっただけなのに」

ユーリは目を丸くする。それでは、ジークが拳を振り上げたわけは…。

「もう彼は…私のものだ。彼もそれを望んでる」

ハインツがユーリの腰に手を回し、見せ付けるように引き寄せた。

ジークの目の前で、他の男の腕に抱かれる。ジークの目が歪んだ。鋭い眼光に獰猛な気配が混ざる。けれど、苦しげに息をつくばかりで、ジークは一向に起き上がろうとはしない。

床の上で拳が握り締められ、力なく再び床の上に落ちた。

「ジーク…っ、あっ…！」

駆け寄ろうとするが、ハインツの力強い腕に、引き戻されてそれは叶わない。

「嫉妬《しっと》に狂った男の目だな」

ハインツが冷静にジークを観察している。

「何か、使ったんですか？」

いつものジークではない。尋ねれば、ハインツは教えてくれた。

「狂犬のような男は危険でね。動けなくなる薬を使わせてもらったよ。今の彼は意識もしっかりしている。声も聞こえる。だが、身体だけが…動かない」

酷く面白そうにハインツが笑う。

「あいにく、私の身体を傷つけようとした者に、私は容赦はしないんでね」

ユーリが今までに聞いたこともない、冷たい声音だった。

「あいつを、助けてほしい？」

ハインツがユーリの髪に手のひらを差し込む。

「ええ」

ユーリは即座に頷いた。

「私を助けるために、ご迷惑をお掛けしたのですから。城内を騒がせてしまったのは私の責任です。私でできることなら…」

本心を責任という言葉に隠す。

初めて見るハインツの冷たい表情に、ジークの行為がただではすまされない気配を感じ取る。

また、自分のせいで、ジークの身が傷つくような真似はさせたくなかった。

ジークが傷つくと想像するだけで、自分が…つらくて、たまらない。

本当は、ジークを助けてほしいと懇願したかった。でも、ジークが聞いている前で、本心をどうしても、聞かせたくはなかった。

「一つだけ、あいつを助ける方法がある」

ユーリの顔を上向かせながら、ハインツが取引を持ちかける。

もったいをつけるようにハインツは言った。

「私のものになれ。…そうしたら、許してやる」

ユーリの背を戦慄が走った。けれど。

「…はい」

ユーリは頷く。

「ユーリ！」

思うように唇も動かせない身体で、ジークが声を引き絞る。

「うるさい。命がけでやって来たお前に、借りを作りたくないだけだ」

わざと、気の強い自分を装いながら、ユーリはどうでもないことのように冷たく言い放つ。

「…余計な、真似を」

昔の…多分、ジークが思い描く、ユーリそのままの性質で、迷惑気に眉を寄せた。

「ハインツ…」

ユーリはハインツの首に腕を回す。それが合図のように、ハインツの腕がユーリの細い腰に回った。

ハインツが、長椅子の上にユーリを組み敷く。

「はなせ…！　ユーリは、俺だけの…ものだ」

俺だけの、もの。

どうして。

あれほど、酷い言葉を言って、遠ざけたのに。

胸が震える。涙が、零れ落ちた。

「お前…やはり」

本心を暴きたてようとするハインツの言葉を遮る。

「早くすませて。お願い」

他の男に抱かれた身体など、きっと汚らわしいと思うに決まっている。

もうあの広い胸に抱かれることはない。

成長を逞しく思った。胸が高鳴った。成長して、牡の目で見つめる彼の本気の瞳が怖か

った。
焼きつくされそうで。いつか、囚われてしまいそうで。
彼の激しさと、執着が、怖くて。
もう、わかってる。とっくに。
彼を失ったら耐えられないほどに。本当は。
惹かれていた。
好きだった。
許されぬ恋だから、諦めようと思った。
身分も国も関係なく、生まれてきたら。
こんなふうに足を引っ張る存在ではなくて。
ただ、純粋に恋慕うことができたなら。
好きという気持ちだけで、そばにいられることができたなら。
でもそれはすべて、叶わぬ夢だ。
「お前…やはり。ジークが好きか?」
あの腕を失うことが、こんなにも怖いと思うなんて。
「好きなんかじゃ…な…」

「ならばなぜ泣く？　言っただろう、お前はあいつのことを話すときだけ、いとおしげなものを見るような目つきで話していると。そんなお前の表情を見たのは、初めてだった」

ジークの肩がぴくりと跳ね上がる。

聞かれてしまった。ジークに。

ずっと。告げることのできなかった本心を。

ハインツの唇が、ユーリの唇に落とされる。

「いや……！」

ユーリは、はっと我に返った。やはり、心を誤魔かすことはできない。

肌が、ジーク以外の男の腕に抱かれることを、拒絶している。

「どうだ？　最愛の人がいるのに、助け出せない気分は。恋人が他の男に無理やり抱かれるのを助けられない、ふがいない自分を責めろ」

ハインツが意地悪げにジークに告げる。けれど。

ユーリが拒絶の言葉を迸らせた瞬間、ジークがゆらりと立ち上がった。

「なっ…薬の効力は切れてはいないはずだ」

ハインツが目を丸くする。そして、探るような視線を向けて、ジークの太腿に突き刺さる短剣を見つけた。

懐《ふところ》に隠していた短刀で、ジークは自分の足を刺したのだ。その痛みで、薬の効力から無理やり意識を引き戻した。狂犬のような男が近づく迫力に、ハインツのユーリを抱く腕の力が弱まる。その隙にジークはユーリを奪い返した。

「よくも…ユーリを。泣かせて…」

逃げ腰のハインツをジークは追おうとするが、足元がふらつきそれは叶わない。

ユーリは慌ててジークの身体を支えた。

ハインツは飛び退ると、驚いた表情で呟く。

そう言ったきり絶句する。そして、自分の身を傷つけてまで、ユーリを取り戻したジークの強い想いに感嘆のため息を洩らした。

「強靭な精神力だな」

「薬が抜けるまで、この部屋で休むがいい。護衛は呼ばないでいてやろう。ただしそれはお前のためじゃない。ユーリのためだ」

ハインツが冷静な声音で言った。

「泣かせて悪かったね。そこの男の本気を試しただけで、君を組み敷いたのは本意じゃない。…忘れてくれ」

最初から、欲は感じられなかった。本気とは思えなかったのに、…怖かった。

最後まで冷静さを崩さずに、ハインツが出て行く。けれど、その背はどことなく寂しそうだった。

ユーリの膝に頭をもたせかけたまま、ジークは横たわっていた。

太腿には、布を強く巻きつけて止血してある。医師を呼ぶと言ったのに、後で診せるからとジークが頑なに拒んだのだ。

「どうして…こんな真似を…」

自分の身を傷つけて。

「絶対に…救い出すと、約束した」

だからだ。力強い口調だった。

昔、誓いの口づけとともに告げられた約束が蘇る。

そんな…。あんな、誓いを、忘れずにいたのか。

「国に迷惑がかかると思わなかったのか?」

いつも、立ちふさがる自分たちの身分。

何度も、思った。国や身分とは関係なく、ただ、想いだけで…相手を選ぶことができたなら。

「大騒ぎかもな。だが。すべてを捨ててもいい。もう一度あなたに会えるならと思った」

初めて…ジークは言った。

「国を捨てても、あなただけだ。最初から。今度こそ…これを、渡したかった」

言いながら、胸元から薔薇を取り出した。

護衛に痛めつけられても守り抜いたのか、潰《つぶ》れずに咲いている。

「本当は花祭りの晩に、渡したかった」

ユーリははっと息を呑む。

王族に薔薇を贈るのは、求婚の意味。そして。

「受け取ってくれなければ…国を捨てる」

横たわりながら、下からジークが腕を伸ばす。

覚悟を伝えるように、ユーリの頬を手のひらで包み込む。

受け入れられなければ、国を、捨てなければならない。

ジークが真っ直ぐに自分を見つめる。揺るがない瞳には、ジークの本気の覚悟が窺えた。

「馬鹿…。そんなことのために。私のせいで、命を失わせるのが嫌だったのに…！」

頬を包むジークの腕を、ユーリは摑んだ。

「あなたがいなければ、俺は命を失う。国なんか、関係ない」

国など関係ないとジークは言い切る。もし、国を超えて、身分を考えなければ。

「あ…」

自分はこの人が。

意地が、崩れていく。

王族としての仮面も。強がりも。

ユーリはジークの手のひらに、自らの手のひらをのせた。

「…もう、私のために無茶はしないで。あなたが…私の目の前から消えたら、それが私にとって…何よりつらいから」

精いっぱいの告白を、ユーリは告げる。想いを込めて。

ユーリの言う意味がわからなかったのか、ジークは一瞬、意味を探るように眉根を寄せる。そしてすぐ、頬を染めた。

ジークの腕がユーリを抱き締める…強く。そして。

下から…唇が、近づく。

ユーリはそっと目を閉じて、ジークの唇が触れるのを待った。

「…ん…」

再会してから…初めての、口づけを交わす。

誓いの込められた、口づけだった。


看病という名目で、ユーリは再びジークの王宮を訪れていた。

看病しろと言うくせに、とっくに公務に復帰している男は、ユーリの前でだけ、弱々しい表情を形作る。山程の公務をこなしているくせに、終わればすぐにユーリの元にやってきて、朝まで離さず抱いて、公務に戻る。

「傷が…開く」

今も、恥ずかしいほどに淫蕩《いんとう》な時間を過ごしていた。

ジークがユーリの下肢を暴き、欲望を突き入れる。

「…んっ…」

「そうしたら、あなたが看病してくれるんだろう?」

治るものも治らない。毎日がこんなことでは。

「私を連れ戻すために簡単に国を抜け出してきたり、王失格だと思わないのか？」

わざと邪険に追い払おうとして憎まれ口を叩くのに、ジークは悪びれずに腰を進めてくる。

「んっ」

「あなたに会いたかった…。今も、昔も。ただそれだけだ」

咎めれば、仕返しのように腰が深く突き入れられた。ユーリが唇を可愛らしく尖らせても、それが本気ではないことを、ジークは知っているから。

「…あ」

ジークが埋まり、ユーリは切なげに眉を寄せた。

「…憧れてた。綺麗で。本当は抱き締めるのも、遠慮してた」

抱き締めながらジークが告白する。

「花祭りの晩まで。あなたを閉じ込めておきたかった」

だから…ずっと？

「なのに、花祭りの晩にあなたは逃げ出して…。いつもあなたは俺から…逃げていく」

「…ごめん」

ユーリは素直に頭を下げた。

「覚悟しておけよ。俺を裏切った分は、しっかり返してもらうからな」

身体で…と淫らな囁《ささや》きを付け加えられ、ユーリの顔がこれ以上ないくらい、真っ赤に染まった。

「まったく…もう」

軽く睨みつけるけれど、あっさりといなされる。

諦めの吐息が、甘い嬌声に混ざる。もたない、と抗議しようとして、本気ではない拳を振り上げようとするけれど、ジークの満足げな表情に拳は解かれた。

「ずっと、こうしたかった」

ユーリを腕に抱き、ジークは嬉しそうだった。ジークの表情を見れば、いとしさが突き上げる。自らジークの身体に腕を回し、ユーリから初めて彼を抱き締めた。

仕方なさそうな態度を向けながらも…額に口づければ、ジークの頬が染まる。

「好きだ。…ずっと好きだった」

優しくて低い、甘やかすような声音。がんじがらめにするような甘さに、縛り付けられていく。

ユーリを縛り付けていた金の鎖は、今は幸福な束縛に形を変えて、別の場所に嵌められていた。眠っている間に贈られ、朝目覚めて驚くユーリに、ジークはしれっとした顔をしながら、自分のものになった証を、満足そうに眺めていた。

　左の指先の目立つ部分にあるそれを、人前で身に付けることはなかったけれども。

「あなたをこうして見下ろして、抱き締められるようになりたかった。他の男にやるくらいなら、あなたを閉じ込めておきたかった」

　ブリスデンに挨拶に行った時、自分ではなくハインツを選んだのだと思って焦ったのだとジークは告白する。他の男のものになるかもしれないと思ったとき、堪えられないほどの独占欲が噴き出し、焦って気が狂いそうだったと告げた。

「初めて会った夜から…あなたが好きだった」

　ジークの告白に、ユーリの胸が高鳴る。

　自分と…同じに。

　これは、運命だった。

　男前の瞳が、優しげに自分を見つめる。

　じわりと胸に温かいものが満ちた。いとしげで嬉しそうな顔を見ると、…嬉しい。

　心から愛されている。そう…思った。胸が…締め付けられそうになって。

　王だとか、国だとか、そんな身分を忘れてしまう。今は。

　でも、いつも横たわる不安に顔を曇らせれば、ジークに無理やり理由を吐露《とろ》させられてしまう。

「許されない恋だと…思ってた。ずっと」

　自分達はお互いに婚姻し、国を繁栄《はんえい》させる義務がある。ジークのそばに当然のように立つ女性を、見たくはなかった。

「そんなのは国王の地位が欲しい親族に任せればいい。俺はあなたに恋した時から、そのつもりだった」

「…あ」

　思いつきもしなかった。

「それにあの色男の父親のことだ。弟も見つかったことだし、隠し子でも他にいるんじゃないのか?」

「そ、そんな…ことは」

　ないとは言い切れない…かもしれない。動揺するユーリを、目を細めてジークが見下ろしている。

「ずっと好きだった。会えなくても、ずっと。あなただけを想っていた。ああでもしないとあなたは俺に二度と…会ってはくれないと思った。脅迫しても、なんででも、もう一度、あなたに会いたかった。国王という権力を使っても」

会えて、嬉しかった。

あなたを抱き締められる自分になれたことが、嬉しくて。

会えなかった分、迸る激情がとまらなくて。

我慢することができなかったとジークは言った。

「俺はあなたの前ではただの男だ。あなたを守ることしか、考えてない。逃げられると思うな。俺の、腕の中から」

中が、熱い。

「俺のことだけ考えていろ。あなたは俺だけのものだ。俺以外の男に二度と、触れさせるな」

自分を抱く腕は、傷つけるものすべてから、守るような力強さに満ちていた。

傷つける意思のない腕は、限りなく…優しい。

ずっと、部屋には薔薇が咲いていた。

むせ返るほどの薔薇の芳香が部屋に満ちる。

最初から。もしかして。

ありったけの告白を、自分に与えてくれていたのかもしれない。

抱き合って、何度も求め合って、ユーリがジークの名を呼べば、ジークは満足げにため

ジークはユーリを抱き締める。片時も離さないというように

会えなかった時間を埋め合わせるように抱き合った後、片時も離さないというようにジ
ークはユーリを抱き締める。

肌にしっとりと汗が浮かぶ。

上がる息を整えながら、ユーリは広い胸元に頭をのせた。

ジークが優しげに、ユーリの柔らかな髪を梳く。

いとおしげにユーリを抱き締めるときのジークは、本当に嬉しそうで。

「俺に国を捨てさせないと言うなら…俺の、そばに」

「…はい」

胸元で頷く。甘えるように胸元に顔を擂《す》り寄せた。

甘える素振りを見せたのは、初めてかもしれなかった。

今なら…包容力のある彼に、甘えることができる。

昔の彼はいないけれど、今の…ジークのことも、好きだった。

「あなたのそばに…います」

素直に答えれば、ジークの頬が真っ赤に染まった。

あなたの、そばに。ずっと。誓いの口づけとともに。

あとがき

皆様こんにちは。当作品をお手に取っていただき、ありがとうございます。あすま理彩《りさい》です。

さて、今回のお話のテーマは綺麗に『許されぬ恋』です。ですが裏テーマは『奴隷』(笑)。以前は命令口調で接していた男に、奴隷の立場に貶められたプリンスの恋の行方は…!? 白い柔肌《やわはだ》を金の鎖《くさり》で彩《いろど》りながら、淫靡《いんび》な快楽とともにゴージャスな雰囲気でお届けします。

とはいえ私の書くものですので、ロマンティックな作りになっているかと。シーンごとに私好みのエッセンスをぎっしりと詰め込んだ、本当に大好きな作品になりました。

当作品は、前作「プリティ・プリンス♥」にちらりと出てきた脇役カップルが主役になっております。ですが、こちらの作品だけでも楽しめるようになっておりますので、ご安心ください。ただし、一転してアダルトな雰囲気になっておりますので、驚かれるかもしれません。

実は今だからこそ申し上げるのですが、前作を上梓《じょうし》した時点では、脇役カップルについては一粒で二度美味しい作りを目指しただけで、まるっきり何も考えておりませんでした。

私「お兄様ですが、名前がないとわかりにくいので、とりあえずつけておきますね。大輪の百合《ゆり》の花のような方という描写があるので、ユーリでいかがでしょうか」

担当さん「いいんじゃないスか？（どうでもよさそうに）脇役なんですから適当で」

という会話が交わされておりましたが（笑）それが…、それが…！　ユーリ様が主役になってしまいました。それも、皆様の強いご要望があったお陰です。皆様のリクエストが、担当さんの心を動かしました。

ユーリのお相手は一体誰なのか。従者なのか隣国の王様なのか、はたまたリヒャルトか（最後だけは絶対ない（笑））。読者様に色々な想像を掻き立てたようですが、このような作品に仕上げることができました。ご期待に沿うことができたのか、それとも、いい意味で予想を裏切るお話になったのか、皆様の反応がとても楽しみです。

リクエストが多かったため、繰り上がって発刊されることになったそうですが、急な続編決定の中、イラストをお引き受けくださった、かんべあきら先生には心からの感謝を。デビュー当時から憧れておりましたかんべ先生に、再びこうしてイラストをつけていただくことができて、とても嬉しく思っています。やはり皆様のリクエストのお力は偉大です。

ちなみに、ユーリと雫《しずく》のいる国、ローゼンブルグの綴《つづ》りはROSENBURG、国の名前に

ROSE《薔薇》を入れてみました。こんなちょっとした小技と仕掛けが好きだったりします。

担当様、私を支えて下さる皆様のために、これからも精いっぱい努力してまいります。

そして何より、読んでくださったあなたに心からの感謝をこめて。

日本、ヨーロッパとともに薔薇《ばら》の美しい季節に、この作品を上梓することができて嬉しいです。

あすま理彩

Platinum Label

スレイブ・プリンス
～許《ゆる》されぬ恋《こい》～

プラチナ文庫をお買いあげいただき、ありがとうございます。
この作品を読んでのご意見・ご感想をお待ちしております。

★ファンレターの宛先★

〒112-0004　東京都文京区後楽 1-4-14
プランタン出版　プラチナ文庫編集部気付
あすま理彩先生係 / かんべあきら先生係

★読者レビュー大募集★

各作品のご感想をホームページ「@プラチナ」にて紹介しております。
メールはこちら→platinum-review@printemps.co.jp
プランタン出版HP http://www.printemps.co.jp

著者――あすま理彩（あすま りさい）
挿絵――かんべあきら（かんべ あきら）
発行――プランタン出版
発売――フランス書院
〒112-0004　東京都文京区後楽 1-4-14
電話（代表）03-3818-2681
　　（編集）03-3818-3118
振替　00180-1-66771
印刷――誠宏印刷
製本――小泉製本

ISBN4-8296-2283-0 C0193

プラチナ文庫
Platinum Label
エゴイスト・プリンス
～秘められた恋～
あすま理彩
イラスト／かんべあきら
下僕、
美貌のプリンスを襲う！
高慢で美貌の皇太子リヒトは、馬鹿にしていた護衛ロルフに陵辱されてしまう…！ 犯されたことを黙っている代償にロルフが命じたのは「下僕」になることだった。史上最強のロイヤルロマンス!!
●好評発売中！●